Lina Forss & Niklas Krog
Mit dir durch die Nacht

FSC www.fsc.org
MIX
Papier aus verantwortungsvollen Quellen
FSC® C083411

5 4 3 2 1
ISBN: 978-3-649-62133-1

Originalverlag: Bonnier Carlsen Bokforlag, Stockholm 2012
Originaltitel: »En Natt«
Aus dem Schwedischen von Dagmar Lendt
Umschlaggestaltung: Hanna Hildenbrand, formlabor, Hamburg, unter Verwendung von Motiven von GlobalStock/istockphoto.com
Lektorat: Kristin Overmeier
Satz: Sabine Conrad, Rosbach
Printed in Germany
www.coppenrath.de
Das ebook erscheint unter der ISBN: 978-3-649-66872-5.

Lina Forss & Niklas Krog

Mit dir durch die NACHT

Aus dem Schwedischen von Dagmar Lendt

COPPENRATH

JACK

Am 22. Dezember auf den letzten Drücker Weihnachtsgeschenke zu kaufen, war eine hirnrissige Idee gewesen.

Jack drängte sich genervt hinter Adrian über den Vorplatz Richtung NK. Das *Nordiska Kompaniet* war das beliebteste Kaufhaus in Stockholm und kurz vor den Feiertagen noch überfüllter als im restlichen Jahr. Überall Leute. Ihm dröhnte schon der Kopf, dabei lag die U-Bahn-Station erst ein paar hundert Meter hinter ihnen. Aber Adrian bewegte sich schnell und geschickt vorwärts, als würde es ihm Spaß machen, sich von schwer bepackten Menschenhorden mit gehetztem Blick herumschubsen zu lassen. Die beste Idee der Welt.

Jack verzog den Mund.

Als sie den Eingang erreicht hatten, wurde es noch schlimmer. Überall drängten sich schwitzende, hektische Menschen und ihm wurde ganz mulmig. Er stieß seinen Kumpel mit dem Ellenbogen an. »Lass uns wieder abhauen.«

»Nix da.« Die Antwort kam so schnell, dass Adrian damit

gerechnet haben musste, was Jack sagen würde. »Jetzt kneif nicht.«

»Was?«

»Tu doch nicht so.« Ein Grinsen huschte über das Gesicht seines Freundes. »Kaum wird es mal ein bisschen stressig, fängst du an zu heulen und ziehst den Schwanz ein. Wenn's nicht gerade um Basketball geht. Immer dasselbe. Du kneifst.«

»Und du redest Scheiße.« Jack würde sich mehr aufregen, aber er wusste, dass Adrian dann nur noch härter austeilen würde.

»Tu ich das?«

Adrian hatte eine Lücke entdeckt und drängte weiter in das Kaufhaus hinein, sodass Jack nichts anderes übrig blieb, als ihm zu folgen. Er wollte protestieren, wollte etwas Schlagfertiges sagen, das seinen Freund zum Schweigen brachte, aber ihm fiel nichts ein. Konnte sogar sein, dass es stimmte. Er war wirklich nicht scharf drauf, sich mit halb Stockholm durch ein viel zu kleines und überheiztes Kaufhaus zu zwängen. Wer wollte das schon?

Adrian blieb stehen und wartete auf ihn.

»Ich bin mit dir in die Stadt gefahren, um nach einem letzten Panikgeschenk für deine kleine Schwester zu suchen, und ich glaube, ich weiß, wo wir was finden. Ich tu dir also einen Gefallen. Wenn du stattdessen lieber nach Hause und dich verkriechen willst, meinetwegen. Lass dich von mir nicht aufhalten. Aber unter uns: Du leidest wegen deiner Ex schon viel zu lange. Das Leben geht weiter.«

»Du redest zu viel«, knurrte Jack und zwängte sich an Adrian vorbei.

»Das sagen alle.« Sein Kumpel folgte ihm. »Und weißt du, was das heißt? Dass ich immer recht habe.«

Das Ärgerlichste an der ganzen Sache – und das, was Jack Kopfschmerzen machte – war, dass es stimmte. Adrian hatte angeboten, zwei Tage vor Heiligabend mit ihm in die Stadt zu fahren und nach einem Geschenk für seine kleine Schwester zu suchen. Und eigentlich war Adrian der perfekte Begleiter, ein Typ, der Menschenmengen mochte und selten … den Schwanz einzog. Scheiße, sogar damit hatte er recht. Nur bei dem Punkt mit seiner Ex-Freundin lag Adrian falsch. Die Trennung lag schon Monate zurück und Ayla war Vergangenheit.

Jack biss die Zähne zusammen und ging weiter. Er wusste, dass er manchmal ein Schisser war und sich vor unbequemen Sachen, auf die er keinen Bock hatte, lieber drückte. Und ganz ehrlich, seine kleine Schwester würde Weihnachten auch ohne ein blödes Verlegenheitsgeschenk überleben.

Das Einzige, worauf Jack wirklich Lust hatte, war Basketball. Dabei wurde ihm nichts zu viel. Da kannte er keine Grenzen.

Adrian und er hatten am Vormittag trainiert – bei der Gelegenheit waren sie auf die Idee mit dem Weihnachtsgeschenk gekommen –, aber jetzt hatte er von seinem Trainer die Ansage bekommen, mindestens bis zum zweiten Weihnachtstag die Finger vom Basketball zu lassen, obwohl er bezweifelte, dass er so lange durchhalten würde.

Viel mehr gab es ja nicht im Leben, was Spaß machte.

Er biss die Zähne noch fester zusammen und sein Körper versteifte sich. Er musste mehr trainieren, damit das nachließ, damit er ruhiger wurde. Und lockerer.

Einmal Training am Tag reichte nicht. Er brauchte mehr. Vor allem liebte er das Gefühl, wenn sein Körper antwortete und er seine Grenzen austesten, höher springen, eine neue Finte anwenden, geschickter verteidigen und einen Gegner überwinden konnte. Wenn er über sich hinauswuchs. Es gab so vieles beim Spiel zu lernen. Gewinnen war ihm nicht so wichtig wie die Befriedigung, sich selbst zu übertreffen. Das war fast wie ein Rausch. Dann war er glücklich. Nur dann.

Es war ein großes und ganz wunderbares Glücksgefühl.

»Und jetzt lächelt die Heulsuse auch noch.« Adrians Stimme ließ seine Traumblase platzen. »Von jetzt auf gleich, wie die zickigste Braut. Aber das hier ist kein Date, merk dir das!«

Jacks Lächeln wurde breiter. »Wenn du das sagst, Adrian. Dabei verbindet uns beide doch eine Hassliebe.«

»Ach ja?« Adrian gähnte und spielte den Gelangweilten.

»Ja, du liebst mich und ich hasse dich.« Er hörte, wie sein Freund Luft holte, und marschierte lachend davon.

»Dahinten.«

Adrian deutete mit dem Kopf nach links, und Jack versuchte zu erspähen, was sein Freund meinte. Manchmal war es echt ein Vorteil, so groß zu sein. Fast immer eigentlich.

Sie waren mit der Rolltreppe ein paar Stockwerke höher gefahren. Auch hier war es rappelvoll.

»Der Tisch dahinten mit den Schals.« Adrian zeigte mit dem Finger darauf. »Siehst du? Die reinste Schlangengrube. Mann, neulich war der noch voll. Mach schon!«

Adrian schob ihn vorwärts, und Jack zwängte sich zwischen zwei Typen, die in den teuren Markenschals wühlten.

Sie sahen ihn schief an, machten dann aber widerwillig Platz. Jack grinste in sich hinein. Ja, es war wirklich immer von Vorteil, groß zu sein. Und schlecht gelaunt.

Wahllos griff er in das Gewühl aus Händen und Schals. Er bekam ein neongrünes Ding zu fassen, so grell leuchtend, dass er die Augen zukneifen musste. Nein, das war nichts für Fia. Es gab wohl keinen Menschen auf der Welt, dem diese Farbe stand. Aber da. Sein Blick fiel auf etwas Flauschiges, Himbeerrotes und er beugte sich vor.

Seine Finger schlossen sich um den Schal, der so weich war, dass er sich sofort entschied. Perfekt für Fia. Aber der Schal bewegte sich, als hätte er ein Eigenleben oder als ob … Schnell zog er ihn zu sich heran, bis seine Hand an eine andere Hand stieß, eine kleine, warme. Seine Hand bekam Gesellschaft von einer anderen Hand, die mit sanfter Gewalt versuchte, seine Finger aufzubiegen. Er umklammerte den Schal fester und blickte auf.

Auf der anderen Seite des Tisches stand ein blondes Mädchen und grinste breit. Sie lächelte, wie nur manche Mädchen es können, mit dem ganzen Körper, sodass sie irgendwie strahlte.

»Wollen wir uns darum schlagen?«, fragte sie kichernd.

Aber Jack lächelte nicht. Und er ließ auch nicht los. Im Gegenteil, er packte das weiche himbeerrote Teil noch fester. Er hatte keine Lust zu flirten, vor allem nicht mit dieser Sorte Mädchen: verzogene Oberschichtbraut mit Sonnenbrille in den blondierten Haaren, und das an diesem dunklen Winterabend – echt mal! Eine, die an jedem Hindernis im Leben mit einem Lächeln vorbeisegelte, der noch nie etwas abgeschlagen wurde und die sich deshalb allen Ernstes einbildete, er würde ihr Fias Schal überlassen. Nur weil sie ein Mädchen war.

Aus dem Augenwinkel sah er die Freundin des Mädchens, die ihn wiederum neugierig beobachtete. Mit dem gleichen abschätzenden Blick.

»Mach doch«, erwiderte er und verzog keine Miene.

Die Überraschung auf ihrem Gesicht war so deutlich zu sehen, dass er beinahe doch gegrinst hätte. Offenbar war sie es nicht gewohnt, dass ihr etwas verweigert wurde, genau wie er vermutet hatte.

Sie starrten sich quer über den Tisch an, während ihr strahlendes Lächeln langsam erlosch. Er hatte gedacht, sie würde wütend werden und nach ihrem Daddy rufen oder vielleicht nach einem Bodyguard und dabei dicke Krokodilstränen weinen. Aber stattdessen wirkte sie traurig und ratlos, so als hätte sie nicht mit seiner Sturheit gerechnet. Er schluckte und wusste nicht, was er machen sollte.

»Hallo?«, mischte Adrian sich ein. »Ist hier gerade ein Weltkrieg ausgebrochen?«

»Die da versucht, mir Fias Schal zu klauen«, sagte Jack, ohne loszulassen, und seine Entschlossenheit kehrte langsam zurück.

»Die da?« Auf der Stirn des Mädchens erschien eine scharfe Falte. »Meinst du mich, oder was?«

»Wen sonst.« Er weigerte sich, sie anzusehen.

»Fia – ist das deine Freundin?«, fragte sie. »Glaubst du wirklich, sie braucht diesen süßen Schal mehr als ich? Sie hat doch dich – den tollsten Typen der Welt!«

Das Lächeln blitzte wieder auf, und er hörte, wie Adrian

hinter ihm losprustete, aber Jack verzog noch immer keine Miene.

»Es geht dich zwar nichts an, aber ich habe keine Freundin«, sagte er und schaffte es, ihr Lächeln zum zweiten Mal innerhalb einer Minute auszuradieren. »Nicht mehr.«

Im Moment war Basketball seine Freundin.

»Dieser Schal wäre perfekt für meine kleine Schwester. Aber weißt du was?« Er schwieg einen Moment. Dieses aufgeblasene, verwöhnte Mädchen provozierte ihn und er presste die Kiefer aufeinander.

»Du kannst ihn haben. Da.«

Er ließ demonstrativ los, sodass sie den Schal an sich ziehen konnte. Aber das tat sie nicht. Stattdessen funkelte plötzlich Wut in ihren Augen, und sie schien innerlich Anlauf zu nehmen, um ihm irgendetwas an den Kopf zu werfen.

»Fröhliche Weihnachten«, kam er ihr zuvor und ging.

Josie

So ein eingebildetes Arschloch!

Es dauerte nur eine Sekunde, aber Josie hätte platzen können vor Wut. Sollte er sich seinen verdammten Schal doch sonst wohin stecken oder sich daran aufhängen, wenn er das unbedingt wollte.

Aber bevor sie dem Typen mit den feuchten Locken unter der roten Mütze das sagen konnte, ließ er sie einfach stehen. Josie konnte es nicht fassen.

Dabei hatte alles so gut angefangen. Endlich waren Weihnachtsferien, und sie war direkt vom Internat in London zurück nach Schweden gereist, um ein paar schöne faule Tage bei ihrem Bruder Fredrik zu verbringen, bevor die Feierei mit der Familie anstand.

Ihre beste Freundin Sigrid war wie ein Tornado hereingestürmt, eingehüllt in eine Schneewolke. Josie hatte am weit offenen Fenster gestanden und sie kommen sehen, obwohl es schweinekalt im Zimmer wurde und Fredrik sie angebrüllt hatte, das Fenster zuzumachen. Dann hatten Sigrid und Josie sich mindestens eine halbe Stunde lang in den Armen gelegen, anschließend Tee getrunken und sich im Bad aufgebrezelt. Oder genauer gesagt, Josie hatte sich gestylt, während Sigrid auf dem Klodeckel saß und aussah, als würde sie am liebsten all die eleganten Wasserhähne aufdrehen, literweise rosa Schaumbad verplempern, den Jacuzzi anwerfen und nie wieder nach Hause gehen. Sigrid badete für ihr Leben gern, in der Wanne konnte sie alle Probleme der Welt lösen. Aber daraus wurde nichts, denn Josie musste noch einen Haufen Weihnachtsgeschenke besorgen. Die Freundinnen konnten die Gedanken der anderen so gut lesen, dass keine von ihnen genau wusste, wo die eigenen Gedanken begannen und die der anderen aufhörten. Endlich, endlich war Josie zu Hause, und Sigrid war ihre beste Freundin, die für sie, falls nötig, durchs Feuer gehen würde.

»Echt jetzt, Josie, wir wollen ins NK, nicht auf eine Studentenparty. Du siehst jetzt schon top aus, hör auf mit der Schminkerei!«

Josefine af Lilja lächelte ihre beste Freundin durch den Spiegel an. Sigrids braune Locken, das herzförmige Gesicht, der Puppenmund, die traurigen Augen – Josie hatte sie schrecklich vermisst!

»Das muss sein! Du hast ja keine Ahnung, wie viele nur darauf lauern, dass ich aussehe wie ein Wrack. Blass und aufgedunsen und völlig fertig. Du weißt doch, ich bin reich und schön, und das muss man zeigen!«

Josie nahm eine Modelpose ein und parodierte sich selbst und Tausende anderer Djursholm-Bräute. Sigrid war mit ihr aufgewachsen und wusste, dass Josie es nicht ernst meinte. Aber Tatsache war, dass Josies Familie stinkreich war und sie deshalb nicht nur mehrere Kreditkarten besaß, sondern auch jede Menge Leute aus der High Society kannte.

Nichtsdestotrotz fand Sigrid, dass Josie in diesem Moment nicht besser hätte aussehen können: enge Jeans, türkisfarbenes, hochgeschlossenes T-Shirt und dunkelblaue Chucks.

»Du wirst dir die Zehen abfrieren«, lachte Sigrid. »Können wir jetzt bald mal los? Das NK hat zwar vor Weihnachten abends länger geöffnet, aber trotzdem.«

»Keine Panik«, erwiderte Josie und entfernte ein wenig rosa Lipgloss von den Zähnen. »Wir sind in einer Viertelstunde da.«

»Nie im Leben, du bleibst bestimmt alle fünf Meter stehen, um mit irgendwelchen Leuten zu reden. Genau wie ein alter Dackel, der andauernd das Bein heben muss.«

Josie ging auf Sigrid zu und umarmte sie, atmete den Duft ihrer besten Freundin ein: das Shampoo ihrer Mutter, das Sigrid eigentlich nicht benutzen durfte, weil es so teuer war, die heimlich gerauchten Zigaretten, das Parfüm, das Josie ihr im Sommer aus New York mitgebracht hatte.

»Fredrik, wir sind dann weg«, rief Josie die Wendeltreppe zum Obergeschoss hinauf. »Schläfst du heute Nacht zu Hause?«

»Kommt MT morgen oder Sonntag?«, rief Fredrik zurück.

»Antwortet ihr eigentlich jemals auf eure Fragen, du und dein Bruder?« Grinsend zog Sigrid sich die Stiefel an.

»Nö«, kicherte Josie und rief laut, um den Fernseher zu übertönen: »Machst du Witze? Morgen natürlich, Sonntag ist

Heiligabend. Versuch, nüchtern zu bleiben, du musst Mama vom Flughafen abholen. Danach gibt's Weihnachtsschinken, Verse schmieden, Weihnachtslieder singen und das ganze Programm.«

»Hast du sie noch alle?«, antwortete Fredrik lachend. »Ich bin am nächsten Tag immer nüchtern, hab höchstens einen Kater. Vergiss du mal lieber nicht, nach Hause zu kommen, bevor du ins Bett gehst.«

»Hey, ich bin fast achtzehn!«, rief Josie und schlüpfte in eine leichte graublaue Daunenjacke. »Nur weil unseren Eltern egal ist, wo ich schlafe, brauchst du hier nicht den Aufpasser zu spielen.«

»Ihr Ärmsten, ihr seid wirklich zu bedauern. Mutterseelenallein in einer Maisonettewohnung am Karlaplan, und keiner kümmert sich darum, mit wem ihr die Nacht verbringt. Tschüss, Fredrik!« Sigrid verdrehte die Augen und öffnete die Wohnungstür.

Der Weg zum Kaufhaus war gesäumt von Typen, die Josie am liebsten vernascht hätten. Okay, das war vielleicht übertrieben, aber trotzdem. Arm in Arm spazierten die Freundinnen über den Östermalmstorg – vorsichtig, damit Sigrid sich auf ihren meterhohen Absätzen nicht den Hals brach. Kichernd hatte Sigrid eine Sonnenbrille hervorgeholt und sie Josie aufgesetzt. Wie erwartet hatte Josie mit mindestens tausend Leuten gesprochen. Aber in der Biblioteksgatan war sie plötzlich zu einer Eissäule erstarrt.

»Siehst du da?«, flüsterte Josie so heftig in Sigrids Ohr, dass es ihr bis ins Gehirn kitzelte. »Filip!«

»Ja, Filip«, seufzte Sigrid müde. »Und? Willst du jetzt doch mit ihm in die Kiste, oder was?«

»Was heißt in die Kiste, so einfach ist das ja wohl nicht.« Josie tänzelte in ihren dünnen Schuhen nervös herum. »Man kann die Typen doch nicht einfach zu sich bestellen!«

Sigrid legte den Kopf schräg und fiel in ihre übliche Rolle. Manchmal nervte das wirklich. »Josie, ehrlich jetzt, wir haben das eine Milliarde Mal durchgekaut. Seit letztem Weihnachten, als du Filip abserviert hast, weil er dir zu aufdringlich war, hattest du was mit Liam, Acke, dem Prinzen, der Prinzessin …« Sigrid zählte an den Fingern ab, aber Josie unterbrach sie.

»Das mit der Prinzessin war bloß Spaß, verliebt war ich nur in den Prinzen«, sagte sie, während ihr die Tränen in die Augen stiegen. »Wenn er auch in mich verliebt gewesen wäre, hätte ich im Traum nicht mehr an irgendeinen anderen gedacht.«

»Okay«, antwortete Sigrid und drückte ihrer Freundin einen Kuss auf die Wange. »Sag Hallo zu Filip, geh vorbei, dreh dich nicht um. Du musst nicht alle Jungs abschleppen, und Mädchen übrigens auch nicht, nur weil es sie gibt.«

NK zwei Tage vor Weihnachten – das war, als hätten die Leute zu viel Geld und wüssten nicht, wohin damit. Warum sollten sie sonst schwitzend hier durchs Kaufhaus hetzen? Josie beobachtete mitleidig eine halb hysterische Mutter mit zwei heulenden Kleinkindern in viel zu dicken Jacken. Sie selbst würde nie auf die Idee kommen, Winterstiefel und einen dicken Mantel anzuziehen, wenn sie ins Kaufhaus wollte. Draußen ein bisschen zu frieren, nahm sie dafür gerne in Kauf. Stylish und praktisch, das war ihr Motto.

Plötzlich aus ihren Gedanken gerissen, starrte Josie auf ihre Hand, die einen Schal umschloss, den sie zwar nicht einmal brauchte, aber wunderschön fand. Normalerweise hätte jeder x-beliebige Typ sich leicht verbeugt und ihr mit schiefem Lächeln den Schal überlassen. Aber dieser Typ da … okay, er hatte zwar ein bisschen gelächelt, aber das ziemlich provokant. Und jetzt stand sie hier und kam sich unglaublich blöd vor.

»Ich fass es nicht«, begann Josie, verstummte dann aber.

Sie sah aus dem Augenwinkel zu Sigrid, die nur die Schultern zuckte. Was für ein arroganter, starrköpfiger Muskelprotz! Der glaubt wohl, er könne sich alles herausnehmen, nur weil er zwei Meter groß ist. Kein bisschen ihr Typ. Warum regte sie sich überhaupt auf?

Konzentration, Josie, rief sie sich selbst zur Ordnung. *Mach eine Mindmap, wie in der Schule!*

»Du siehst total wütend aus«, meinte Sigrid und blickte dem Typen nach, der mit seinem Kumpel Richtung Rolltreppe verschwand. »Aber mal ehrlich, Josie, die beiden waren *ziemlich* süß. Für mich hat es ausgesehen, als hätte es zwischen euch gefunkt, da am Wühltisch.«

»Ruhe, ich muss nachdenken«, antwortete Josie knapp. »Ich hab das komische Gefühl, dass es eilt.«

Sie versuchte, sich zu erinnern, alles wie bei einem Film zurückzuspulen. Wenn man sortierte, was um einen herum passierte, und es richtig einordnete, war es leichter, das Leben zu verstehen.

Josie beugte sich über den Tisch mit den Schals, schloss rasch die Augen und der Film begann. Sie und Sigrid waren in den Lichthof gekommen und mit der Rolltreppe nach oben gefahren. Es war voll und sehr gemütlich gewesen. Josie liebte Weihnachten, die Geschenke, die Atmosphäre.

»Wir gucken uns erst mal hier um, okay?«, hatte sie gesagt, als sie den ersten Stock erreichten. Dann hatte sie sofort den Tisch mit den Schals entdeckt.

»Restposten, du brauchst nichts von dem Zeug«, hatte Sigrid geantwortet. »Konzentrier dich lieber auf deine Mutter.«

Aber zu spät. Sicher, das waren Schals aus der letzten Saison, aber es war, als würde man mit haarigen Schlangen schmusen. Kaschmir, feinste Merinowolle, Josie liebte das. Und sie liebte leuchtende Farben. Niemals würde sie sich ganz in Schwarz kleiden wie ein Gruftie. Am besten gefiel ihr Knallgrün und tatsächlich sah sie einen neongrünen Schal – ach nein, der war ein bisschen zu sehr 80er. Doch plötzlich tauchte etwas in dem Gewühl auf, das ihre Aufmerksamkeit erregte: ein himbeerroter Schal. Während Josie begann, ihn hervorzuziehen, wunderte sie sich, was der Typ auf der anderen Seite des Tisches hier machte. Seine Körpersprache drückte ganz deutlich aus, dass er hier nicht sein wollte. Er war groß und hatte kantige Schultern, so wie Sportler sie haben. Was für einen Sport trieb er wohl? Handballer waren am unattraktivsten, die waren nur scharf drauf, Bälle zu werfen. Schwimmer ebenso, da konnten sie in ihren Badehosen noch so sehr zum Anbeißen aussehen. Fußballer? Nein, die waren oft ziemlich knochig, ADHS-Geplagte mit Minderwertigkeitskomplex.

Dieser Typ hatte was Arrogantes an sich, mit dieser roten Mütze, unter der sich nasse, dunkelbraune Locken ringelten. Frisch geduscht – klar, er kam direkt von irgendeinem gähnend langweiligen Training in einer schweißdampfenden Turnhalle, um anschließend direkt ins NK zu schlendern. Spannend. Josies Kichern schlug in ein Lachen um.

»Komm endlich«, stöhnte Sigrid und holte Josie in die Gegenwart zurück. »Das ist echt nicht lustig.«

Sigrid lehnte an einer Säule, die mit nachgemachtem Tannengrün umwickelt war, und tippte wie üblich auf ihrem Handy herum. Während Josie um den Schal gekämpft hatte, hatte Sigrid nur dagestanden und zu dem anderen Typen rübergeschielt. Sie waren alle ungefähr im gleichen Alter. Aus irgendeinem verrückten Grund hatte Josie nicht einfach weggehen wollen. Sie hatte gewollt, dass der Typ mit der Mütze sie bemerkte.

»Herzchen, es ist wirklich super, dass du hier Wurzeln schlagen und meditieren willst, aber vielleicht denkst du lieber mal an deine Mutter«, unterbrach Sigrid ihre Gedanken und setzte sich in Bewegung.

Als kleines Kind hatte Josie mit ihrem Großvater fast jeden Samstag in Bobergs Matsal zu Mittag gegessen. Würstchen und Pommes und geeisten Kakao in hohen Gläsern, zusammen mit Opas alten Schwimmfreunden vom Sturebad. Danach waren sie mit dem Bus nach Hause zu Oma in Djurgården gefahren. Und wenn MT – Abkürzung für Muttertier, die beste Mutter der Welt – mit ihrer Arbeit im Büro fertig war, hatte sie Josie abgeholt, während Papa Caesar sich mit einer seiner tausend neuen Frauen herumtrieb. Josie würde was ganz Tolles für ihre Mutter kaufen und ihr Vater würde mit einer seiner Platin-Kreditkarten teuer dafür bezahlen. Ein gestreifter Morgenmantel von Paul Smith aus dem Homeshop im dritten Stock vielleicht? Josie kannte sich im NK ebenso gut aus wie in ihrer Schminktasche.

Sigrid tauchte wieder an Josies Seite auf.

»Herzchen, wenn du diesen Schal nicht bald loslässt, kommen Männer in weißen Kitteln und biegen dir deine Finger auf. Dann ziehen sie dir eine hübsche weiße Zwangsjacke an und bringen dich in einem Bus mit Blaulicht auf dem Dach weg.« Sigrid lachte so sehr, dass ihre Augen ganz schmal wurden.

»Warte«, flüsterte Josie und blickte Sigrid in die Augen, ohne sie richtig wahrzunehmen. »Ich verspreche dir, ich weiß, was ich tue. Oder wenigstens weiß ich es gleich. Nur noch einen Moment, okay?«

Sigrid trat mit einem theatralischen Seufzen ein paar Schritte zurück und setzte sich auf einen der lederbezogenen weißen Hocker, um zu warten. Josie sah ihrer Freundin nach und liebte sie dafür. In Sigrid steckte die klügste Frau der Welt, dachte Josie und kehrte in ihre Gedankenwelt zurück, um das Ende ihres inneren Films abzuspielen. Rot wie Geleehimbeeren … der Schal war so schön, dass sie ihn glatt hätte aufessen können. Josie hatte fester gezogen, aber der Schal rührte sich nicht. Sie war mit den Fingern tiefer ins Schalgewühl hinuntergetaucht, bis sie an eine Hand stieß. Stark, groß, ein bisschen rau, so viel hatte sie spüren können, bevor die Hand verschwand.

Josie hatte aufgeschaut, genau in die Augen des Typen. Fast

wäre sie in Ohnmacht gefallen und tot auf dem Wühltisch zusammengebrochen, beides gleichzeitig. War der süß! Und für eine klitzekleine Mikrosekunde schien es, als würde dem Typen auch gefallen, was er sah. In seinen Augen hatte es gefunkelt. Blau, grün, bernsteinbraun? Auf jeden Fall hatte er lange, dunkle Wimpern. Blau, es waren blaue Augen.

»Versuchst du, mir meinen Schal wegzunehmen?«, hatte Josie gesagt und dabei gelächelt, obwohl das Risiko bestand, dass Sigrid ausrastete, weil sie sich zum Dummchen machte. »Willst du dich mit mir anlegen?«

So was in der Art hatte sie gesagt, aber der Typ hatte nichts geschnallt. Er hatte so wütend ausgesehen, dass es Josie plötzlich leidtat. Doch dann hatte er sich zu seinem Kumpel umgedreht, der irgendwas von Weltkrieg faselte, und gesagt, »die« habe ihm seinen Schal geklaut, den er irgendeiner blöden Fia schenken wollte! Josie hatte kurz daran gedacht, ihm zu sagen, dass es ziemlich unhöflich war, über sie zu reden, als wäre sie gar nicht da, aber bei dem Kerl wäre das wahrscheinlich Zeitverschwendung gewesen.

Sie wollte ihn so gerne lächeln sehen!

»Oh, wie aufmerksam«, hatte sie gesagt, sie erinnerte sich nicht mehr genau. »Wenn ich einen so supersüßen Freund wie dich hätte, würde ich überhaupt keinen Schal brauchen. Ich hätte ja dich!«

Der Typ hatte sie angesehen. »Meine Schwester liebt diese Farbe«, hatte er ganz einfach gesagt und dabei fast gelächelt.

Aber nur für einen Augenblick, dann war es schon wieder verschwunden. Warum? Was hatte sie getan? Endlich mal ein süßer Typ, der Geleehimbeeren, nein, einen himbeerroten

Schal für seine Schwester kaufte, und dann war er so mies drauf.

»Sie ist das einzige Mädchen, dem ich einen Schal schenken würde«, hatte er gesagt und Josie dabei weiterhin angestarrt. »Wenigstens im Moment.«

Bei seinen Worten hatte ein Kitzeln Josies Bauch durchzuckt. Ein Junge, der so etwas sagte, wollte wirklich etwas damit ausdrücken. Dass er sie mochte? Oder dass er traurig war, weil er jemanden nicht vergessen konnte? Aber kaum war das Kitzeln verflogen, hatte Josie erkannt, dass er nichts von ihr wollte, das hatte er ihr ziemlich deutlich zu verstehen gegeben:

»Weißt du was?«, hatte er ihre Gedanken unterbrochen. »Ich scheiß auf den blöden Fetzen. Du kannst ihn haben.«

Dann hatte er ihr frohe Weihnachten gewünscht, sich einfach umgedreht und war gegangen, ohne sie noch einmal anzusehen.

Sie hatten weniger als fünfundvierzig Minuten zum NK gebraucht, und der Wortwechsel mit den beiden Typen hatte wie lange gedauert? Eine Minute? Josie schaute auf die Uhr. Wie viel Zeit war vergangen, seit die beiden Jungs abgehauen waren?

»Ich hab's!«, schrie Josie so laut auf, dass Sigrid zusammenzuckte. »Schnell, wir müssen uns beeilen!«

Josie riss den Schal an sich und rannte zur Kasse. Als sie jedoch die Schlange sah, verließ sie sofort der Mut. Das Ganze war eine bescheuerte Idee. Aber Sigrid hatte begriffen.

»Weg, weg!«, rief sie plötzlich und wedelte mit den Armen wie ein Schülerlotse. »Tun Sie etwas Gutes, lassen Sie dieses Mädchen vor, um Gottes willen, ich glaube, sie ist verliebt!«

Josie drehte sich um und schickte Sigrid einen Mörderblick. Doch vorn an der Kasse trat eine Frau beiseite. »Komm, geh nur vor.«

»Danke«, sagte Josie erleichtert, »vielen Dank.«

»Soll es ein Geschenk sein?«, fragte die Verkäuferin und scannte das Preisschild. »Umtausch nur …«

»Nicht einpacken, stecken Sie ihn einfach in die Tüte und behalten Sie das Wechselgeld«, unterbrach Josie sie und warf ein paar 100-Kronen-Scheine auf den Tresen.

Josie bekam die Tüte, rief ein »Dankeschön!« in die Schlange und rannte los. Sigrid folgte ihr und konnte sich das Lachen kaum verkneifen. Sie liefen zuerst in die falsche Richtung, die Rolltreppe nach unten war auf der anderen Seite. Fast hätten sie eine aufgedonnerte Frau mit Minihund im goldfarbenen Mäntelchen auf dem Arm umgerannt.

»Oh, wie niedlich«, zwitscherte Sigrid.

»Nicht jetzt!«, rief Josie über die Schulter. »Wir müssen sie aufhalten.«

Außer Atem erreichten sie die Information im Erdgeschoss. Josie holte tief Luft, rückte ihre Tasche zurecht, fuhr sich mit den Fingern durchs Haar und nahm die blöde Sonnenbrille herunter. Sie ärgerte sich ein bisschen, dass sie vorhin nicht daran gedacht hatte – mitten im Winter so ein Ding auf dem Kopf, wie peinlich war das denn? Doch sie musste sich jetzt zusammenreißen, so wie die Erwachsenen es von einem erwarteten. Also warf sie einen Blick auf das Namensschild, das die Frau hinter dem Tresen an der Bluse trug, und lächelte.

»Hallo, Sofia«, säuselte Josie freundlich, »wie geht es Ihnen? Ich brauche dringend Ihre Hilfe.«

Sofia, die zuerst etwas angesäuert ausgesehen hatte, taute auf, als sie ihren Namen hörte, und beugte sich vor.

»Danke, mir geht's gut«, antwortete sie. »Was kann ich denn für dich tun?«

Josie sah kurz zu Sigrid, die ihr zunickte.

»Okay«, sagte Josie, »also, es ist so: Ein Junge hat oben bei den Schals was vergessen und ich möchte es ihm gerne zurückgeben. Die Sache ist nur, dass ich es nicht gleich gemerkt habe, und jetzt ist er vielleicht schon weg und …«

»Langsam«, unterbrach sie die Frau. »Wie heißt er denn?«

Josie zuckte die Schultern und kam sich ein bisschen blöd vor. Was sollte sie eigentlich sagen, wenn er aufkreuzte? Sie dachte an seine Augen und wie fies er gewesen war und schluckte.

»Das weiß ich nicht, aber er hat eine rote Pudelmütze auf.«

Da lächelte die Frau an der Information.

»Ungefähr wie der Weihnachtsmann?«

»Ungefähr wie der Weihnachtsmann«, erwiderte Josie leise und blickte zu Boden. »Nur ein bisschen jünger, vielleicht achtzehn.«

»Du bist unmöglich, weißt du das?« Sigrid legte eine Hand auf Josies Schulter.

Die Frau an der Information räusperte sich und sprach in ein Mikrofon. »Gesucht wird ein etwa achtzehnjähriger Junge mit roter Mütze, der wie der Weihnachtsmann aussieht und sich vor Kurzem für einen Schal interessiert hat.«

Dann beugte sie sich zu Josie vor und flüsterte: »Wie heißt du? Und was möchtest du von ihm?«

Sigrid sah Josie fragend an, so wie scheinbar alle anderen

Leute um sie herum. Was wollte sie eigentlich? Josie zuckte wieder die Schultern, brachte aber kein Wort heraus.

»Sagen Sie einfach, Josie will ihn sehen«, antwortete Sigrid.

»Lieber Junge mit der roten Mütze, ein Mädchen mit rosigen Wangen wartet hier auf dich. Ihr Name ist Josie, und wenn ich du wäre, würde ich mich schnellstens an der Information im Erdgeschoss melden.«

Sofia schaltete das Mikrofon aus und lächelte. Ihre Kollegin lächelte auch und die Frau nebenan ebenso. Josie sah sie an, und ihr Blick wanderte zu einem Vater mit Kinderwagen und einem älteren Herrn, die darauf warteten, dass sie an die Reihe kamen. Alle lächelten.

Josie war ein bisschen schwindelig, aber innerlich fühlte sie eine wohlige Wärme.

Jack

Gerade als sie das Kaufhaus im Untergeschoss verlassen wollten, blieb Adrian stehen und drehte sich zu Jack um.

»Hast du das gehört?«

Sein Kumpel grinste. Nicht gut. Jack wusste sofort, dass das nichts Gutes bedeuten konnte.

»Was denn?«, fragte er genervt und schüttelte den Kopf. Er wollte nur noch zur U-Bahn und ab nach Hause.

»Die Durchsage.« Adrian zeigte an die Decke.

»Na und? Die suchen dauernd irgendwelche kleinen Kinder, die ihren Eltern weggelaufen sind.«

»Die haben einen Jungen ausgerufen und die Beschreibung passt genau auf dich.«

»Das ist doch Quatsch. Ich bin kein kleines Kind.«

»Kommt drauf an, wen du fragst.« Adrian packte ihn am Arm. »Die haben was von einem Jungen mit roter Mütze gesagt, der aussieht wie der Weihnachtsmann. Los, wir gehen mal hin.«

Jack folgte widerwillig, vor allem weil Adrian ihn, immer noch mit breitem Grinsen, hinter sich herzog. Die Sache schmeckte ihm nicht.

»Und wer soll was von mir wollen?«, fragte er.

Seine Eltern konnten es nicht sein, vermutlich auch keiner seiner Kumpels vom Basketball oder von der Schule. Damit blieben nicht mehr viele übrig. Es wusste ja keiner, dass er im NK war.

»Das wirst du schon sehen.« Adrians Grinsen wurde noch breiter. »Gleich.«

»Stopp.« Jack blieb stehen. »Sag mir den Namen, sonst komme ich nicht mit.«

»Du kneifst also?«

»Sehr witzig. Ich lach mich gleich tot.« Er zwang sich, keine Miene zu verziehen. »Los, den Namen.«

Er hatte einen leisen Verdacht, wer es sein könnte, aber sie wollte er bestimmt nicht sehen. Echt nicht.

»Nein, es ist nicht deine Ex, falls du das denkst«, sagte Adrian und Jack war beinahe erleichtert. »Aber ich kann dir keinen Namen sagen. Ich weiß nämlich nicht, wie sie heißt.«

Jack blieb stehen. »Es ist also ein Mädchen. Und du kennst ihren Namen nicht? Erschreckend. Davon gibt's sicher nicht viele in Stockholm.«

»Genau! Aber das ist meine Chance. Schnell! Mir zuliebe.«

Er lächelte wieder, und als sie weitergingen, musste auch Jack grinsen. Sie zwängten sich auf die Rolltreppe hinauf zum parfümduftenden Erdgeschoss.

»Ich hatte recht.« Adrian wurde langsamer. »Da. Siehst du?«

An der Information stand ein Vater mit Kinderwagen und

unterhielt sich mit zwei Frauen, die dort arbeiteten. Nein, der konnte es nicht sein. Neben dem Kinderwagen stand ein älterer Mann. Nee, der auch nicht.

Plötzlich spürte Jack, dass alle Augen sich auf ihn richteten, auch die beiden Frauen am Infoschalter schielten zu ihm rüber, als wüssten sie etwas, das er nicht wusste.

Ein Stück weiter standen zwei Farbkleckse, die er sofort wiedererkannte. Sie sahen ihn unerwartet schüchtern an.

»Scheiße …« Abrupt machte er kehrt und wollte gerade gehen, als Adrian ihn zurückhielt.

»Komm schon, mir zuliebe. Okay?«

Jack seufzte und drehte sich wieder um. Gemeinsam gingen sie auf die Mädchen zu – eine Blondine und eine Brünette, eine betont hochklassiger als die andere, in teuren Klamotten und die kleinen Nasen in die Luft gereckt, als würden sie sich selbst parodieren. Aber diesmal lächelten sie wenigstens nicht.

»Habt ihr den Weihnachtsmann ausrufen lassen? Hier bin ich. Mit roter Mütze und allem.« Er steckte die Hände in die Jackentaschen. »Fröhliche Weihnachten.«

Ihm fiel auf, dass es genau dieselben Worte waren, mit denen er sie am Wühltisch zurückgelassen hatte. Das eine Mädchen kicherte leise, das war die, die im Hintergrund gestanden hatte. Das andere Mädchen verzog den Mund zu einem freudlosen Lächeln. Genauso hatte sie ausgesehen, als sie beide an dem himbeerroten Schal gezerrt hatten.

»Beeindruckend«, sagte sie. »Ein Muskelpaket, das reden kann. Obwohl es wahrscheinlich besser wäre, wenn du es nicht könntest.«

»Tut mir leid, dich zu enttäuschen.« Er schob die Hände noch tiefer in die Taschen und rührte sich nicht von der Stelle. »Gibt's sonst noch was?«

»Die Namen«, soufflierte Adrian hinter ihm. »Wie heißen die Schönheiten?«

Plötzlich leuchteten die Augen des Mädchens vor Freude auf und knirschend rastete in Jacks Kopf ein weiteres Vorurteil ein. Sie gehörte zu der Sorte, die im Mittelpunkt stehen musste, um sich wohlzufühlen; wenn sie von Jungs nicht beachtet wurde, war sie ein Nichts.

»Und warum sollte ich dir das verraten?« Sie strahlte Adrian an.

Als wäre Jack gar nicht da.

»Weil ich es einfach wissen muss«, antwortete Adrian.

»Sonst?«

Die ganze Welt lachte aus ihren Augen und Jack spürte ein seltsames Gefühl im Bauch.

»Sonst bin ich leider gezwungen, mich umzubringen. Und meinen schlecht gelaunten Kumpel vielleicht auch.«

Ihr Blick huschte zu Jack und kehrte dann zu Adrian zurück.

»Ein Grund mehr, dir meinen Namen nicht zu sagen.«

»Okay, dann sagen wir so: Wenn du ihn mir nicht verrätst, bringe ich meinen schlecht gelaunten Kumpel nicht um.«

»Schon besser.«

Diesmal blieb ihr lächelnder Blick bei Adrian.

»Also, wie heißt du?«, fragte Adrian. »Wie du vielleicht siehst, möchte mein Kumpel das auch gerne wissen. Es fällt ihm nur ein bisschen schwer, freundlich zu sein.«

Damit brachte Adrian sie dazu, ihr Lächeln mit all seinem Licht und seiner Wärme auf Jack zu richten. Aber der war sich nicht sicher, ob es wirklich ehrlich gemeint war, und das reizte ihn und machte ihn verlegen. Im selben Moment entdeckte er etwas um ihren Hals, das unter dem offenen Kragen ihrer wahrscheinlich sauteuren Designerjacke hervorschimmerte.

»Sieht ganz so aus«, hörte er sie zu Adrian sagen. »Du meinst also, ich soll ihn euch verraten?«

»Nicht nötig«, sagte Jack. »Du heißt …« Er legte den Kopf schräg und las den silbernen Schriftzug an ihrer Halskette. »Josefine. *Hello Josefine*, so hieß ein Schlager, den meine Eltern vor hundert Jahren gehört haben.«

Er sah an ihrem Blick, dass sie diesen Kommentar schon eine Million Mal gehört hatte und ihn spätestens seit dem zweiten Mal nicht mehr witzig fand.

»Josefine«, sagte er, »das hier ist Adrian. Adrian, das ist Josefine. So, das hätten wir geklärt.« Er wandte sich an seinen Kumpel. »Können wir jetzt gehen?«

»Wieso denn?« Adrian grinste. »Es fängt doch gerade erst an, lustig zu werden.«

»Nein!«, sagten er und diese lächerliche Josefine wie aus einem Mund und im selben scharfen Ton.

»Das war's«, sagte er mit Blick zu ihr.

»Genau«, ergänzte sie. »Hier trennen sich unsere Wege, wir werden uns nie mehr wiedersehen. Macht's gut.«

Sie sagte es übertrieben laut, kam aber einen Schritt auf ihn zu, als wollte sie ihn zum Abschied umarmen. Jack runzelte die Stirn und rührte sich nicht. Es hätte ja auch blöd ausgesehen, wenn er zurückgezuckt wäre. Aber in den Jackentaschen ballte er die Hände zu Fäusten – sicherheitshalber.

Sie beugte sich vor und berührte ihn rasch und federleicht, eine knappe Geste, die man kaum als Umarmung bezeichnen konnte. Ein Hauch von Parfüm kitzelte seine Nase und er hörte leises Papierrascheln.

»Frohe Weihnachten«, flüsterte sie so leise, dass es fast persönlich wirkte, und so weich, dass er beinahe die Hände aus den Taschen genommen hätte. Aber nur beinahe.

Sie trat einen Schritt zurück und warf ihm einen letzten Blick zu, erfüllt von einer Art unbegreiflicher Freude, dann hakte sie sich bei ihrer Freundin unter und zog sie eilig mit sich. Die beiden verschwanden die Treppe hinunter, eine kichernde Wolke aus blonden und braunen Haaren.

»Du hast es echt drauf«, seufzte Adrian. »Oder auch nicht.«

»Lauf ihnen doch nach.« Jack nickte den beiden Mädchen hinterher, die bereits im Gewühl verschwunden waren. »Ohne mich hast du eh bessere Chancen. Ich finde auch allein was für Fia.«

Aus den Augenwinkeln sah er, dass die Frauen an der Information zu ihm herübersahen und miteinander tuschelten. Oder eigentlich sahen sie nicht zu ihm, sondern eher … auf seinen Arm.

»Ich bleibe«, sagte Adrian. »Ohne mich bist du aufgeschmissen, du kriegst ja nichts alleine auf die Reihe. Aber aufs Klo gehe ich nicht mit dir, das kannst du vergessen!«

»Mal im Ernst, Adrian, stehst du wirklich auf die Sorte Mädchen?«

»Wieso nicht? Mädchen sind Mädchen. Ich versteh gar

nicht, wieso du sie so blöd angemacht hast. Alle haben eine Chance verdient.«

»Du meinst, ich muss erst vor Gericht ziehen, bevor ich über sie urteilen kann?«

»Egal, vergiss es. Wohin jetzt?«

»Weiß nicht.« Jack zuckte mit den Schultern und hörte ein leises Knistern. Es kam irgendwo von seinem rechten Arm und hörte sich genauso an wie das Knistern, als diese komische Josefine ihn umarmt hatte.

Er sah an sich hinunter und entdeckte eine kleine Papiertüte, die fest unter seinen Arm gestopft war. Die Hand war noch immer in der Jackentasche vergraben, doch nun holte er sie heraus und griff verwundert nach der Tüte. Sie wog fast nichts, deshalb hatte er sie auch nicht bemerkt.

Er schaute hinein. Etwas Himbeerrotes strahlte ihm entgegen. Und mit einem Mal wurde ihm alles klar.

»Scheiße …« Er merkte, wie sein Ärger wuchs. »Verdammte Kacke!«

»Was ist denn los?« Adrian grinste, und Jack begriff, dass er Bescheid wusste. Seine Augen wurden schmal.

»Hast du gesehen, wie sie mir die Tüte zugesteckt hat?«

»Nein, überhaupt nicht, ehrlich«, lachte Adrian.

Auch die Frauen an der Information lächelten, was ihn davon abhielt weiterzufluchen.

»Hast du ernsthaft geglaubt, dass sie meint, du hättest eine Umarmung verdient? So wie du dich benommen hast, du Hornochse. Bist du überhaupt nicht misstrauisch geworden?«

»Woher soll ich denn wissen, was in ihrem blonden Erbsenhirn vorgeht?«, zischte Jack. »Okay, wir müssen sie suchen.«

»Bist du sicher?« Adrian grinste immer noch. »Wäre doch viel einfacher, zu kneifen und nach Hause zu fahren.«

»Die soll sich ihren verdammten Schal sonst wohin stecken! Ich gebe erst Ruhe, wenn sie das Teil wiederhat.«

Adrian lachte laut, und Jack konnte nicht anders, als ebenfalls zu grinsen. Ganz so dumm war diese Josefine scheinbar doch nicht.

»Wo finden wir sie?«, fragte er.

»Heißt das, ich soll dir helfen?« Adrian sah sich suchend um. »Dein Glück, dass ich auf Mädchen nicht so abschreckend wirke wie du. Außerdem habe ich ein Radar für so was. Komm mit!«

Adrian drängte sich durch das Gewühl die Treppe hinunter und Jack folgte ihm. Er war sich nicht ganz sicher, ob es die Mühe wert war, dieses Mädchen zu suchen, andererseits wollte er sie auf keinen Fall gewinnen lassen. Es genügte nicht, den Schal in den nächsten Mülleimer zu werfen. Er musste ihn ihr zurückgeben und dann einfach gehen. Oder rennen, falls nötig. Sie sollte keine Chance haben, ihm das Teil noch mal unterzujubeln.

»Vielleicht sollte ich sie damit erwürgen«, murmelte er.

»Was?«, fragte Adrian grinsend und ging durch den Ausgang.

Draußen auf dem breiten Bürgersteig der Hamngatan blieben sie stehen. Es schneite. Hier draußen herrschte genauso ein Gewühl wie unter der Erde, aber die Leute gingen geduckter und waren irgendwie verbissener.

»Ich hab's«, sagte Jack. »Wenn ich sie mit dem Schal erwürge, kann sie ihn nicht zurückgeben.«

»Perfekt. Und wenn du richtig fest zuziehst, muss sie mit dem Teil begraben werden. Das nenne ich Rache.«

»Ja.« Jack schaute sich um. »Wir müssen sie nur finden.«

Adrian tat, als würde er in die Luft schnuppern, und nickte dann hinüber zum PK-Haus. Sie setzten sich in Bewegung.

»Brrr.« Adrian zog die Schultern hoch. »Aber findest du es nicht ein bisschen übertrieben, ein süßes Mädchen zu erwürgen, nur weil sie dir einen Schal geschenkt hat? Also, ich hab schon Schlimmeres erlebt.«

»Hast du nicht gesehen, was sie gemacht hat? Tut so, als würde sie mich umarmen, nur damit ich wie der letzte Depp dastehe. Die ist total überheblich und eingebildet.«

»Wie gesagt, ich hab schon Schlimmeres …«

»Ich will ihr den Schal zurückgeben. Okay?«

»Und ich will ein bisschen mehr mit den beiden quatschen.« Adrian ging vor ihm in die Galerie des PK-Hauses. Drinnen war es deutlich wärmer.

»Ich tippe mal darauf, dass sie sich nach der aufregenden Begegnung mit dir irgendwo ins Café gesetzt haben«, fuhr Adrian fort. »Aber nicht, um sich zu verstecken. Im Gegenteil. Ein Café, wo man sie schon von Weitem sehen kann, für den Fall, dass wir zufällig vorbeikommen. Mädchen sind so leicht zu durchschauen.«

»Ich dachte, sie wollten vermeiden, dass wir uns je wieder über den Weg laufen.«

»Falsch gedacht. Nicht *uns*, sondern *dich* wollen sie nie wiedersehen. Also bin *ich* derjenige, auf den sie warten. Da drüben sitzen sie übrigens.« Adrian lachte laut auf und blieb stehen. »Siehst du? Bin ich nicht einfach unschlagbar?«

Jack folgte dem Blick seines Freundes und entdeckte zwei bekannte Köpfe in einem kleinen Café, das aus nicht viel mehr als ein paar rechteckigen Tischen und einigen Barhockern bestand.

»Nett.« Er griff in die Tüte und holte den Schal heraus. »Ich geh jetzt hin und erwürge sie, dann können wir endlich nach Hause fahren.«

In diesem Moment hatte er wirklich Lust, es zu tun. Irgendwas an diesem Josefine-Blondchen brachte ihn innerlich zum Kochen, warum, wusste er auch nicht genau. Es nervte ihn tierisch, dass sie es geschafft hatte, ihm den Schal unterzujubeln.

»Entspann dich.« Adrian packte ihn am Arm. »Gib mir den Schal und überlass das mir. Komm einfach mit.«

Jack musterte seinen Kumpel. »Bist du wirklich stark genug? Ich will nicht, dass man den Schal hinterher wieder aufkriegt. Sie muss damit begraben werden. Klar?«

»Vertrau mir.« Adrian nahm den Schal, setzte sich in Bewegung und stopfte dabei das zusammengeknüllte himbeerrote Ding in die Jackentasche. »Kein Wort über den Schal. Denk dran.«

Jack runzelte die Stirn. »Welchen Schal?«

Einige Meter weiter unterhielten sich die Mädchen lebhaft mit roten Wangen und die Hände um große Teebecher gelegt, doch Adrians zielbewusste Schritte zogen ihre Blicke an.

Jack folgte ihm in einigem Abstand und beobachtete die Reaktion der Mädchen. Überraschung, Wiedererkennen, vielleicht auch Freude. Dann bemerkten sie ihn und die Freude verschwand. Er verzog den Mund. Wahrscheinlich hatte er es nicht anders verdient. Aber warum wollte er eigentlich, dass sie sich über seine Anwesenheit freuten?

»Hallo, ihr!«, begrüßte Adrian die Mädchen und blieb vor ihnen stehen.

»Hi«, erwiderten sie, die Hände immer noch um die Tassen gelegt.

»Also, ich möchte mich für meinen Kumpel entschuldigen. Er war schon immer eine Spaßbremse, echt. Deswegen kann ihn auch niemand leiden.«

Josefine sah Jack an. Immer noch sauer, das war nicht zu übersehen, aber mit einem triumphierenden Funkeln in den Augen. Sie war sichtlich zufrieden, dass sie es geschafft hatte, ihm den Schal zuzustecken.

»Warum bist du so sauer?«, fragte sie. »Ich hab dir doch nichts getan. Obwohl, wenn du weiter so scheiße drauf bist, kann ich auch anders.«

»Da krieg ich aber Angst«, antwortete er.

Das Gespräch war albern, sie war albern, und er machte sich zum Affen, anstatt einfach abzuhauen.

Sie stellte ihre Tasse ab und lehnte sich zurück. »Wenn du hier schon rumstehst, kannst du auch meine Frage beantworten. Warum bist du sauer?«

»Weil ich …« Er zuckte die Schultern. »Ich kann verwöhnte Mädchen einfach nicht ausstehen.«

»Aha. Und was hat das mit mir zu tun?«

Als hätte sie allen Ernstes keine Ahnung.

»Weißt du eigentlich, wie krank es ist, mit jemandem Streit zu suchen, der nett zu dir sein will?«

Er sollte wirklich gehen. Hier stehen zu bleiben, hieße zu-

zugeben, dass sie recht hatte. Aber Adrian hatte den Schal immer noch in der Jackentasche, also musste er durchhalten.

»Ich war schlecht drauf«, murmelte er und kämpfte gegen den Impuls, einfach wegzulaufen.

Sie legte den Kopf schräg. »Versuchst du, dich zu entschuldigen? In dem Fall musst du es machen wie die Typen aus meinem Freundeskreis. Sie fallen vor mir auf die Knie und stehen erst wieder auf, wenn ich es ihnen erlaube.«

Er wusste, dass sie Spaß machte. Man sah es an ihrer Freundin Sigrid und hörte es an ihrer Stimme, aber Adrian hatte die Hand in die Tasche gesteckt und sich unauffällig hinter ihnen platziert, nah an ihrer Jacke.

»Auf die Knie?« Plötzlich musste er über ihre gespielte Strenge lachen und sie grinste zurück. Es war ein Spiel. Beide wussten es. Sie wussten, dass der andere etwas plante, aber nicht genau, was.

»Auf die Knie«, wiederholte sie und zeigte vor sich auf den Boden. »Sei ein braves Hündchen. Wuff.«

Eigentlich müsste er ausrasten. Bei jeder anderen Gelegenheit hätte er das auch getan, aber irgendwas hielt ihn davon ab. Er hoffte, dass es Adrians Nähe zu ihrer Jacke war.

Er trat näher heran und blieb etwa eine Armlänge vor ihr stehen.

»Wäre es hier recht?«

»Mhmm ...« Mit verwundertem Blick schob sie ihre Jacke zurück, weg von ihm, aber hin zu Adrian. »Bitte sehr.«

Sie machte eine Handbewegung Richtung Fußboden und blieb ernst. Das half.

Er sank auf die Knie.

»Ich fass es nicht!« Adrians Stimme überraschte ihn. »Moment!« Der Kumpel zog sein Handy heraus. Jack hätte ihm am liebsten ein paar Schimpfwörter an den Kopf geknallt.

Mach du deinen Job und ich mach meinen!

Aber er kniete weiter schweigend vor Josefine, die große Augen machte. Etwas in ihrem Blick erinnerte ihn an Adrian, eine übermütige Lust, alles und jeden hinters Licht zu führen. In jeder Hinsicht. Aus den Augenwinkeln sah er, dass Adrian mit der freien Hand den Schal aus seiner Jacke gezogen hatte.

Er holte tief Luft.

»Muss ich was sagen, oder genügt es, dass ich knie?«

Josefine legte die Stirn in tiefe Falten. »Ich habe mich noch nicht entschieden. Ich werde darüber nachdenken. Aber rühr dich nicht vom Fleck.«

Ein Kamerablitz ließ sie beide zusammenzucken.

»So, das hätten wir«, sagte Adrian und hielt hinter Josefines Rücken die leere Hand hoch. »Jetzt brauche ich nur noch eine Handynummer, dann kann ich euch das Bild gleich schicken. Könnte noch mal was wert sein, wenn mein Kumpel hier Profi wird.«

Er grinste, und Jack wusste nicht, ob er lachen oder ihm eine runterhauen sollte.

»Profi im Mies-drauf-Sein?«, fragte Josefine. »Gibt's so was?«

»Basketball. Er soll bei einem spanischen Verein Probe spielen. Bei einem italienischen auch. Offenbar haben sie eine Schwäche für Idioten. Aber jetzt gib mir mal deine Handynummer, so eine Chance kriegst du nie wieder.«

Josefine schien zu überlegen, dann rasselte sie ein paar Zahlen herunter. Adrian tippte auf seinem Handy und blickte auf.

»Alles klar. Und du kannst jetzt aufstehen, Jack.«

Schnell erhob er sich und wischte sich über die Jeans.

»Jack, das ist also dein Name.« Josefine sah zu Sigrid, die sich offensichtlich das Lachen verkneifen musste.

Eins der Handys, die zwischen den Mädchen auf dem Tisch lagen, piepste kurz.

»Da kommt das Foto. Dann macht's gut, Mädels!« Adrian packte Jack am Arm und zog ihn mit sich. Jack verstand die Eile nicht und den Mädchen ging es genauso. Er sah, wie sie die Stirn runzelten. Keine von ihnen sagte etwas, keine griff nach dem Handy.

Adrian zerrte ihn aus der Galerie und marschierte mit ihm durch das Schneegestöber die verstopfte Hamngatan hinunter Richtung Kungsträdgården-Park.

»Was ist?«, fragte Jack. »Hast du ihr den Schal in die Tasche gesteckt?«

»Klar, Mann. Aber das dauert sicher noch, bis sie ihn findet.«

»Warum dann die Eile? Warte mal, hast du ihr wirklich das Foto geschickt?«

»Spinnst du? So was würde ich einem Kumpel niemals antun.« Adrian blickte über die Schulter zurück. »Das war eins von Oskar.«

Jack prustete los. Oskar war ein Mitschüler, der bei jeder Gelegenheit seinen nackten Arsch zeigen musste. Adrian hatte ein gestochen scharfes Foto davon, wie Oskar seine fetten, pickligen Hinterbacken an eine Glasscheibe drückte.

»Das findet sie bestimmt nicht witzig«, lachte Jack.

»Soll sie auch nicht. Das Foto von dir auf Knien hebe ich mir für eine bessere Gelegenheit auf.«

Jack schlug nach seinem Freund, der sich geschickt wegduckte und eilig im Schneegestöber zwischen den Ulmen im Park verschwand.

Josie

Sigrid und Josefine sahen den Jungs nach, bis ihnen der Hals steif wurde. Josie war die Erste, die einen Laut von sich gab – einen lang gezogenen Seufzer, der ein ganzes Universum der Leere in ihr hinterließ. Was sollte das eigentlich alles? Weihnachten, dieses Abhetzen nach Geschenken, die im Grunde niemand brauchte und die doch wieder umgetauscht wurden, die Tage angefüllt mit aufgeblasenem Glück, bis alles in sich zusammenfiel und wieder normal wurde. Das ganze Gekicher vorhin, ein Typ, mit dem sie wirklich gerne geredet hätte, und dann war er plötzlich weg.

Sigrid las Josies Gedanken und stupste sie an. »Nimm es als das, was es war. Wollen wir ins Kino?«

Aber Josie war nicht bei der Sache, noch nicht.

»So ein Scheißkerl«, fluchte sie und sah in Sigrids grüne Augen. »Lacht, wenn ich wütend bin, und blafft mich an, wenn ich nett sein will. Hast du gesehen, wie er auf die Knie gegangen ist?«

Sigrid schlug sich an die Stirn. Sie wollte Schauspielerin werden und liebte das Theatralische. »Und ob ich das gesehen habe!«, rief sie. »Bist du blond, oder was? Das ist KEINEM hier drinnen entgangen. Aber dass du das überhaupt von ihm verlangt hast«, fuhr sie fort und winkte den süßen Kellner zu sich.

Sigrid flirtete ungeniert mit ihm, während sie zwischen einem pistaziengrünen und einem babyrosa Macaron wählte. Er nannte sie »Mademoiselle« und Josie verdrehte die Augen. Sigrid verhielt sich gerne aufreizend, aber das war alles nur Show. Tschüss, Typ.

»Also, sag schon«, sagte Sigrid. »Was für eine arrogante Ader in dir zwingt den armen Kerl auf die Knie? Vielleicht glaubt er tatsächlich, dass alle Typen, die du kennst, es so machen, und verbreitet fiese Gerüchte!«

»Ich weiß, das war gemein.« Josie kicherte und suchte in ihrer Jeanstasche nach dem Labello, doch fand ihn nicht. Wahrscheinlich war er in ihrer Jackentasche.

»Glaub mir«, sagte Josie, »er weiß, dass ich es nicht ernst gemeint habe. Das habe ich an seinem Blick gesehen.«

Jetzt war Sigrid diejenige, die die Augen verdrehte. »Und warum hast du es dann gemacht?«

»Ehrlich gesagt glaube ich nicht, dass er auf die Knie gegangen wäre, wenn eine andere es von ihm verlangt hätte«, erwiderte Josie und streckte sich nach ihrer Jacke.

»Jetzt sitzt du aber auf einem ziemlich hohen Ross, was?«, sagte Sigrid und trank den letzten Rest von ihrem Tee. »Pfff, igitt«, machte sie, während sie grüne Teeblätter ausspuckte.

»Ach, ich meine das doch gar nicht so«, erwiderte Josie.

»Wahrscheinlich war er selbst auch überrascht. Und ich mag Leute mit Ehrgeiz, die Sache mit dem Basketball zum Beispiel.«

Sie zog ihre Jacke auf den Schoß, als etwas über ihr Gesicht glitt, wie eine dunkle Wolke oder eine lästige kleine Fliege. Sigrid spürte die Gereiztheit ihrer Freundin.

»Was ist?«

»Ich weiß es nicht, ehrlich gesagt«, antwortete Josie. »Aber er hat irgendwas an sich, das mich total nervt. Es ist ja nicht gerade so, dass ich einen aggressiven Typen ohne jeden Stil in meinem Leben brauche.«

»Brr, brr!« Sigrid tat, als würde sie ein Pferd zügeln.

Josie achtete nicht darauf. »Aber als er da so gekniet hat und mich nicht mehr angestarrt hat, als wollte er mich umbringen, da …«

»Wann war das?«, unterbrach Sigrid sie und riss den Mund übertrieben weit auf. »Dass er dich nicht mehr umbringen wollte, meine ich?«

Josefine tat so, als würde sie auf die Uhr sehen. »Hm«, machte sie, »das war genau zwischen sieben und acht Minuten nach vier.«

Sigrid lachte. »Vielleicht ist er ein Sadist. Vielleicht spielt er mit dir, als wärst du ein Goldfisch, den er gleich auf eine Stecknadel spießen und an die Wand pinnen will. Das würde zu diesem ganzen Sauer-nett-Gehabe passen.«

»Meinst du, eine Stecknadel reicht?«, fragte Josie. »Sind Goldfische nicht ziemlich dick?«

»Nähnadel dann eben«, sagte Sigrid.

»Außerdem werden Goldfische nicht an die Wand gepinnt.« Josie zeigte auf den Kiosk. »Ich brauch was Süßes, sonst kann ich nicht nachdenken.«

Sie rutschte vom Barhocker und griff nach ihrer Jacke. Als sie den Labello in einer der Seitentaschen fand, atmete sie erleichtert auf. Sigrid plapperte munter weiter, doch Josie hörte kaum hin. Sie wunderte sich gerade darüber, dass die andere Tasche so vollgestopft aussah. Hatte sie dort ihre Handschuhe reingesteckt?

»Hast du von dem Kind gehört, das direkt auf die Bonbons geniest und den Schnodder mit der Kelle abgekratzt hat?«, fragte Sigrid und rutschte ebenfalls von ihrem Barhocker.

»Nee.« Josie hörte nur mit halbem Ohr zu. »Wo hast du das gehört?«

Sigrid lächelte, Sonnenschein, Liebe und tiefer Ernst in ein und demselben Lächeln. »Im Radio. Ein Auslandskorrespondent hat es aus dem Nahen Osten berichtet.«

Josie starrte Sigrid an, als hätte sie nicht mehr alle Latten am Zaun. Dann öffnete sie den Reißverschluss ihrer Jackentasche und zog langsam, ganz langsam den himbeerroten Schal heraus, den Adrian ihr dort reingesteckt haben musste, als Jack vor ihr gekniet und sich zum Affen gemacht hatte. Als sie ihn zwischen den Fingern spürte, war sie seltsam gerührt.

Sofort fiel ihr Blick auf das Handy, das immer noch auf dem Tisch lag. In der nächsten Sekunde spürte sie ein verrücktes Kitzeln im Bauch. Sie würde ihn wiederfinden.

»Ach nein, hübscher Schal, den kannst du bei eurer Hochzeit tragen«, sagte Sigrid und pustete Josie direkt ins Gesicht. »Und all eure Kinder können Brautjungfern sein und auch solche Schals tragen.«

»Was?« Josie sah Sigrid verblüfft an. »Was soll der Quatsch?«

»Sorry, wollte nur sehen, ob du zuhörst«, redete Sigrid weiter. »So, du glaubst also nicht an die Sadistennummer?«

»Doch, vielleicht, aber im Moment ist das wohl eher übertrieben. Die Wahrscheinlichkeit, dass er mich in seinem Keller einsperrt und mich mit lebendigen Mäusen füttert, finde ich etwas weit hergeholt.«

Josie stand da, den Schal in der Hand, und konnte den Blick nicht von ihrem Handy abwenden. Eine wohlige Wärme breitete sich in ihr aus. Sie würden die Jungs wiederfinden! Ohne richtig nachzudenken, hielt sie nach einem Spiegel Ausschau. Sie musste wissen, was Jack gesehen hatte, als er sie ansah.

Sigrid zog ihre Jacke an und bezahlte beim Kellner.

»Ich meinte eher, dass er dich als Sexsklavin hält. Dich mit Handschellen an einer Poledance-Stange kettet und dir nur was zu essen gibt, wenn du brav deine sechsunddreißig Stunden am Tag getanzt hast.«

»Hör bitte auf, Sigrid. Kann ich nicht mal irgendwas sagen, ohne dass es gleich porno klingt?«

»Sagen kannst du, was du willst.« Sigrid hängte sich ihre Tasche um. »Aber wenn es porno klingt, gib mir nicht die Schuld.«

Jetzt lag nur noch das Handy auf dem Tisch, alles andere hatten sie eingesteckt. Inklusive Schal.

»Es ist, als würden wir uns kennen«, sagte Josie, während sie langsam und feierlich das Handy an sich nahm.

»ENDLICH!«, rief Sigrid. »Ich dachte schon, das wird nie mehr was.«

Lachend nahm sie Josie das Telefon aus der Hand und klickte Adrians MMS auf.

»Oh scheiße!«, schrie sie und versuchte, das Handy in die Tasche zu stecken, aber Josie riss es an sich. Dann schrie sie auch auf.

»Igitt, das ist ja widerlich!«, rief Sigrid. »Die sind so was von primitiv!«

Ja, dachte Josie und wippte von einem Fuß auf den anderen. »Aber es war sein Freund, der das geschickt hat«, sagte sie schließlich. »Ist wohl seine Art von Humor. Na ja, jeder lacht über was anderes.«

»Bist du sicher?« Sigrid legte die Hand an Josies Stirn. »Du bist doch nicht etwa krank? Ich meine, du wohnst schließlich in Djursholm, wo alle Rosenblätter scheißen.«

Sigrid speicherte Adrians Nummer in ihrem Handy. Ein paar Minuten tippte sie auf dem Display herum, bis sie gefunden hatte, wonach sie suchte. Grinsend hielt sie Josie das Handy hin.

»Vergiss es. Du rufst an«, sagte Josie.

Sigrid schüttelte den Kopf. Josie war eine, die auf Partys fremde Typen küsste und erst die Bremse zog, wenn es zu spät war, aber trotzdem. Offenbar mochte sie diesen Kerl wirklich.

»Ja, hallo«, sagte Sigrid, als am anderen Ende abgenommen wurde. »Entschuldigen Sie die Störung, aber Ihr Sohn Adrian hat einen Freund namens Jack – ich weiß, ein verrückter Name –, aber könnten Sie mir vielleicht seine Adresse geben? Wir haben ein Küssogramm für ihn.«

»Bromma, wie kommt man dahin?«, fragte Sigrid und schaute sich verwirrt in der Norrlandsgatan um. Dann griff sie nach ihrem Handy und klickte die App mit dem U-Bahn-Plan von Stockholm auf.

»Mach dich nicht lächerlich«, sagte Josie und verdrehte theatralisch die Augen. »Mit dem Taxi natürlich.«

Beide prusteten los. »Am schnellsten geht es, wenn wir von T-Centralen fahren, dann müssen wir nicht umsteigen.« Sigrid drängte sich bereits durch die Menschenmassen vorwärts.

»Verwöhnte Mädchen, also echt. Woher haben die Leute nur all ihre Vorurteile?«, sagte Josie, während sie sich an einer Gruppe Teenager vorbeidrückte, die den halben Bürgersteig versperrte. »Und wieso behauptet er, ich würde mir alles erlauben, bloß weil ich reich bin? Ich laufe ja auch nicht herum und greife irgendwelchen Typen in die Boxershorts, nur weil sie sexy sind!«

»Tust du nur nicht, weil du Angst vor Bazillen hast. Und gib's zu, du bist verwöhnt!«, rief Sigrid über einen Fünfjährigen hinweg, der aus Leibeskräften heulte, weil er sein Weihnachtsgeschenk jetzt auf der Stelle haben wollte.

»Das hat doch nichts mit ihm zu tun!«

»Gib es zu«, Sigrid lachte.

»Warum?«, fragte Josie, als sie ihre Freundin an der nächsten roten Ampel eingeholt hatte.

»Weil es dich zu einem besseren Menschen macht.«

»Und in seinen Augen zu einem Stück Scheiße«, erwiderte Josie und lief über die Straße.

»Wie bitte? Spielt es etwa eine Rolle, was dieser Jack-Typ denkt?« Sigrid verschwand mit der Rolltreppe nach unten.

»Tut es nicht«, maulte Josie, während sie Arm in Arm Richtung U-Bahn gingen, und verkniff sich ein Lächeln.

Von allen blöden Ideen war das hier wahrscheinlich die blödeste.

Grüne Linie Richtung Åkeshov, in Abrahamsberg aussteigen, eineinhalb Kilometer Fußweg zur Västerled 171. Sigrid und Josie blickten sich unsicher und mit frierenden Zehen um. Hier draußen war es so verdammt viel mehr Winter als in der Innenstadt. Schneeräumkanten so hoch wie Geländewagen, und überall Friedhofsstille.

Sie marschierten los. Gingen und gingen und froren, aber auf eine angenehme Art irgendwie. Erst als sie an einer Straße mit dem schönen Namen Virvelvindsvägen – Wirbelwindweg – vorbeikamen, unterbrachen die Freundinnen das Schweigen.

»Hier müsste es sein.« Josie zeigte auf das Straßenschild. »Ist bestimmt nett, in einer Straße zu wohnen, wo alles genau gleich aussieht.«

»Ja, ganz entzückend«, antwortete Sigrid. »Aber wie wissen die Leute, welches Haus ihres ist, damit sie sich nicht verlaufen?«

»Wahrscheinlich darf man nicht total abgefüllt sein, wenn man auf dem Heimweg ist«, erwiderte Josie lachend. »Ich glaube, ich war immer total voll, wenn ich in Bromma war.«

»Das war mir klar«, stöhnte Sigrid. »Meinst du, wenn man in Bromma wohnt, darf man nur auf dem Heimweg nicht besoffen sein?«

»Ja, das eigene Haus zu verlassen, sollten die meisten schaffen«, antwortete Josie und dachte daran, wie ihr diese Kabbeleien mit Sigrid gefehlt hatten, während sie die meiste Zeit des Jahres in London auf dem Internat war. Sie mochte ihr Leben in England und die Freiheiten, die sie hatte, aber wenn sie mit Sigrid zusammen war, fühlte sie sich einfach zu Hause.

»Da wär ich mir bei dir nicht so sicher, du schläfst ja meistens woanders. Wobei, schlafen … na ja.«

»Aber jedenfalls«, Josie lachte, »so viel kann man sich wohl merken: gelbes Haus, ich wohne in einem gelben Haus.«

Sie blieben abrupt stehen.

»Na, klein ist das ja nicht gerade!« Josie zeigte auf ein grünes Haus mit Steinmauern und Apfelbäumen drumherum.

Sie überprüfte noch mal die Adresse.

»Västerled 171. Jetzt bin ich sauer.«

»Wieso?« Sigrid schaute sich um. »Hab ich was gesagt?«

Josie breitete die Arme aus. »Siehst du das Grundstück? Da würden zwölf Reihenhäuser reinpassen. Und der Typ nennt *mich* verwöhnt!«

»Dass du in einem Reihenhaus gewohnt hast, ist ja wohl schon eine ganze Weile her«, sagte Sigrid.

Josie warf ihr einen Mörderblick zu. »Musst du immer alles wörtlich nehmen? Hast du keine Fantasie?«

»Doch.« Sigrid hüpfte auf der Stelle und pustete in ihre Fausthandschuhe. »Ich finde nur, wir sollten bei der Wahrheit bleiben. Es ist zwölf Grad unter null, stockdunkel, und wir sind in diesem elenden Bromma, um einen Schal bei einem Typen abzuliefern, der ihn nicht mal haben will. Kannst du das Ding nicht einfach seiner Schwester geben, und dann hauen wir wieder ab?«

Sigrid öffnete das Gartentor. Ein blaues Auto parkte in der Einfahrt.

»Nicht, warte, vielleicht sind sie zu Hause«, flüsterte Josie hinter ihr.

»Ist das nicht gerade Sinn der Sache?«

Josie hielt die Luft an, zählte bis drei, und als die Haustür aufging, schlüpfte sie an Sigrids Seite. Sie rückte ihre Wollmütze zurecht, setzte ein Lächeln auf und kam sich unglaublich blöd vor.

Die Frau, die die Tür öffnete, war groß und hübsch. Was hatte Josie sich eigentlich vorgestellt, die Hexe aus *Hänsel und Gretel*? Die Frau sah sie und Sigrid neugierig an. Wie oft kam es vor, dass vorlaute Mädchen an Mamas Haustür klingelten und ihren Sohn sprechen wollten?

»Ähm, guten Abend«, sagte Sigrid. »Wir haben hier was für Jack.«

Josie verbiss sich ein Lachen. Die Frau sah sie belustigt an, ließ die beiden aber nicht ins Warme. Vielleicht machte man so was in Bromma nicht.

»Meine Freundin«, sagte Sigrid und zeigte mit dem Daumen auf Josie, »ist das schwedische Klima nicht gewöhnt, wissen Sie. Bei so einer Kälte bleibt ihr immer die Stimme weg. Aber jedenfalls hat sie hier was für Jack.«

»Sie wissen doch, dass er Jack heißt?«, fragte Josie. »Ich meine, Ihr Sohn, er ist doch Ihr Sohn?«

Die Frau lachte herzlich und sagte, ja, sie wisse wohl, dass er ihr Sohn sei. Dann zog sie ihre Strickjacke fester um den Körper.

Sigrid klopfte ihr auf die Schulter. »Josie, meine Liebe, du darfst nicht so viel sprechen. Also, es ist so, wir müssen gleich wieder weg, weil Josie ihre Medikamente braucht, aber sie hat hier etwas, das Jack im NK vergessen hat. Vielleicht können Sie ihn anrufen und ihm sagen, dass wir hier waren und es abgegeben haben.«

»Ja, sonst sucht er womöglich die halbe Nacht danach«, fügte Josie hinzu.

Sigrid sah Josie an, als hätte sie endlich mal was Vernünftiges gesagt, und deutete mit einem Kopfnicken auf Josies Tasche. Josie holte den Schal heraus, legte ihn wie ein schlafendes Wollknäuel in die ausgestreckte Hand der Mutter und verabschiedete sich.

Und dann rannten sie. Die kleine Steintreppe hinunter, vorbei an dem blauen Auto, über Glatteis und Schneehaufen wie zwei Antilopen auf der Flucht, während ihnen das Lachen aus der Kehle perlte.

Jack

Das Telefon klingelte. Jack zog es hervor und schaute aufs Display. Seine Mutter. Aber er war sowieso auf dem Heimweg, saß in einem halb leeren U-Bahn-Waggon, und so wichtig, dass es nicht noch ein paar Minuten warten konnte, war es bestimmt nicht.

Adrian und er waren noch eine Weile in der Stadt geblieben, übermütig vor Freude, dass sie den Mädchen den Schal wieder untergeschoben hatten, und voller Erwartung, eine SMS zu bekommen oder ihnen noch mal über den Weg zu laufen. Irgendwas. Aber es war nichts passiert. Und Adrian konnte ja schlecht anrufen und fragen, warum die Mädchen sich nicht meldeten.

Die Freude war verflogen.

Jack hatte ein buntes Sommertop mit dem Aufdruck *Beachbabe!* für Fia gekauft. Der Schal wäre besser gewesen, aber den sollte die blonde Luxuspuppe Josie ruhig behalten. Jetzt würden sie sich nie mehr wiedersehen.

Das Handy klingelte wieder. Adrian warf ihm einen schnellen Blick zu.

»Willst du nicht rangehen?«

Jack nahm das Gespräch an. Seine Mutter plapperte sofort los, aber besorgt klang sie nicht. Eher fröhlich. Neugierig. Es dauerte ein paar Sätze, bis er verstand, was passiert war.

Er richtete sich in seinem Sitz auf. Die U-Bahn fuhr gerade über die Tranebergsbrücke und in der Dunkelheit konnte man tief unten das eisbedeckte Wasser und Myriaden von Lichtern auf den Inseln rundherum sehen.

»Was hast du gesagt?«, fragte er seine Mutter.

»Soll ich das jetzt alles noch mal wiederholen?« Seine Mutter seufzte. »Zwei sehr hübsche Mädchen waren an der Tür und haben einen Schal für dich abgegeben. Sie sagten, du hättest ihn verloren und würdest sonst die halbe Nacht danach suchen. Sie haben mich gebeten, dich anzurufen und dir auszurichten, dass sie hier waren und ihn abgegeben haben.«

»Scheiße …«

»Was hast du gesagt? Was waren das für Mädchen?«

»Zwei völlig Verrückte. Wann waren sie da?«

»Gerade eben. Ich kann sie vielleicht … Nein, sie sind schon weg. Jack, was waren das für Mädchen?«

Ernster jetzt.

»Wir haben sie in der Stadt getroffen. Eine von denen hat versucht, mir einen Schal zu klauen, den ich für Fia gefunden hatte.«

»Klauen?«, echote seine Mutter. »Sie hat versucht, ihn dir zu stehlen?«

Jack musste sich auf die Zunge beißen, um nicht zu rufen:

JA, sie ist eine DIEBIN! Er holte tief Luft und versuchte, sich zu beruhigen.

»Nein, wir hatten ihn beide gleichzeitig auf dem Wühltisch entdeckt und jeder an einem Ende gezogen. Keiner von uns wollte ihn loslassen.«

»Wie süß«, sagte seine Mutter.

Jacks Blick fiel auf den grinsenden Adrian, der ihm gegenübersaß. Er wandte sich ab.

»Sehe ich nicht so. Er wäre perfekt für Fia gewesen. Aber die blöde Schnepfe wollte ihn nicht hergeben, also habe ich irgendwann losgelassen und dann … Ist eine lange Geschichte. Ich erzähl dir alles, wenn ich nach Hause komme.«

»Beeil dich.«

Er drückte das Gespräch weg.

»Sie waren also bei dir zu Hause und haben den Schal abgegeben?« Adrian lachte. »Genial!«

»Ich find's eher unheimlich. Woher haben die meine Adresse? Hast du was damit zu tun?«

»Wahrscheinlich schon, irgendwie. Durch meine Nummer. Warte, ich check das.«

Adrian zog sein Handy heraus. Der Anruf dauerte keine zwanzig Sekunden. Adrians Grinsen wurde breiter.

»Sie haben mit meiner Mutter gesprochen und gesagt, sie hätten ein Küssogramm für einen Jungen namens Jack. So sind sie an deine Adresse gekommen. Wahrscheinlich haben sie meine Festnetznummer gegoogelt. Rätsel gelöst. Und was machen wir jetzt?«

»Wir finden ihre Adresse raus. Dann brechen wir ein und pinkeln auf ihren Wohnzimmerteppich.«

»Geil! Und wenn sie keinen Teppich hat?«

»Dann improvisieren wir. Los, such die Adresse raus.«

Adrian nickte und tippte auf seinem Handy herum.

»Hältst du es wirklich für eine gute Idee, bei ihr einzubrechen? Könnte nach hinten losgehen, wenn die Bullen kommen.«

»Dann pinkeln wir eben in ihren Briefkasten. Was ist jetzt mit der Adresse?«

»Ja, wenn die Bullen dann kommen, passiert uns natürlich überhaupt nichts.« Adrian sah auf sein Display. »Sie heißt Josefine af Lilja. Aber sie hat keine Adresse. Warte …«

Jack wartete. Die U-Bahn hatte Alvik verlassen und überquerte schaukelnd die lange, kurvige Brücke über den Drottningholmsvägen.

»Es gibt nicht sehr viele, die af Lilja heißen«, fuhr Adrian fort. »Wie es aussieht, wohnt die ganze Sippe auf Östermalm.«

Jack nickte. »Gut. Das geht. Wie nötig musst du pinkeln?«

»Nicht besonders.«

»Ich auch nicht. Mist!« Er ballte die Fäuste. »Was machen wir jetzt?«

Adrian schüttelte den Kopf.

»Aufgeben? Du kriegst ihre Nummer und dann könnt ihr Weihnachten zusammen feiern. Könnt unterm Tannenbaum sitzen und euch gegenseitig den Schal zuwerfen. Das wär doch süß.«

»Warte mal.« Jack kniff die Augen zusammen. »Die sind gerade eben erst von mir zu Hause weg und müssten unterwegs nach Abrahamsberg sein. Da sind wir gleich.«

Er blickte aus dem Fenster. Der Zug hielt in Stora Mossen. Abrahamsberg war die nächste Station.

»Ich bin ziemlich sicher, dass sie ein Taxi genommen haben«, sagte Adrian.

»Wahrscheinlich hast du recht. Wieso sollte die High Society ihre Hintern im Proletenbagger platt sitzen.«

»Das waren ziemlich süße Hintern.«

»Hast du sie gesehen? Oder sagst du das nur, weil sie Mädchen sind?«

»Ich achte auf alles, was wichtig ist«, erwiderte Adrian mit einem breiten Grinsen. »Möchtest du auch ihre Körbchengröße wissen?«

»Du bist echt krank.«

»Und das sagt einer, der auf ihren Wohnzimmerteppich pinkeln will.«

»Aber nur aus Rache. Sie hat mich beleidigt.«

»Schon klar.«

Adrian stand auf und stellte sich an die Tür. Jack folgte ihm. Als die U-Bahn bremste, starrte Jack in das Schneetreiben über den Gleisen. Halb rechnete er damit, die beiden verwöhnten Zicken auf dem Bahnsteig zu entdecken. Aber sie waren nirgends zu sehen, und er merkte, dass er sich darüber ärgerte. Ob sie schon weg waren?

»Pass auf«, sagte er. »Wenn sie nicht mit dem Taxi fahren, müssten sie hierher unterwegs sein. Lass uns einen Moment warten.«

»Okay«, erwiderte Adrian.

Der Zug hielt mit einem Ruck und die Türen öffneten sich. Adrian trat hinaus in die Kälte.

»Und was machen wir, wenn sie kommen? Lass mich raten. Wir erwürgen sie vor dem Fahrscheinautomaten und dann pinkeln wir auf sie. Oder vielleicht umgekehrt, erst …«

»Entspann dich, Alter. Ich denke, wir laden sie auf einen Drink ein.«

Sein Freund zwinkerte erstaunt. »Wo kommt denn der plötzliche Sinneswandel her? Egal, Hauptsache, du hast die Sache mit dem Schal endlich aufgegeben.«

»Ich habe gar nichts aufgegeben.«

Er blieb an der Treppe stehen, die hinunter in den Bahnhof führte, und blickte durch die Glaswand hinauf zum Abrahamsbergsbacken.

»Das Café gegenüber der Schule ist offen, siehst du? Aber wir warten lieber hier.«

»Warum?«

Adrian hatte die Schultern gegen die Kälte hochgezogen und sah ziemlich durchgefroren aus. Jack legte ihm den Arm um die Schulter. »Falls sie kommen, will ich, dass es so aussieht, als wären wir zufällig hier. Als wären wir zufällig zur selben Zeit angekommen. Das soll nicht geplant aussehen. Sonst werden sie vielleicht misstrauisch.«

»Und was sollte sie misstrauisch machen? Dass wir sie treffen wollen?«

»Der Schal, du Idiot. Es geht nur um den Schal. Um nichts anderes.«

»Wie konnte ich das vergessen.« Adrian schaute Richtung Straße. »Ach nee. Wenn man vom Teufel spricht.«

Weit hinten, zwischen Straßenlaternen und dreistöckigen Häuserblocks, gingen zwei Mädchen durch das Schneegestöber. Sie hatten einander untergehakt, steckten die Köpfe zusammen und schienen pausenlos zu reden.

Ob die eine zuhört, was die andere sagt?, dachte Jack. *Oder ist das gar nicht nötig?*

»Gut. Jetzt müssen wir sie nur noch ins Café kriegen«, instruierte Jack.

»Um sie dort zu erwürgen und dann …«

»Jetzt hör doch mal auf mit dem Scheiß! Lass deinen Charme spielen!«

»Nichts leichter als das«, sagte Adrian und lief die Treppe hinunter.

Jack folgte ihm, eine Idee langsamer und eine Idee weniger überzeugt, dass es so einfach werden würde.

Er fühlte seinen Pulsschlag in der Brust, weich und warm. Es war lange her, dass er ihn auf diese Art gespürt hatte.

»Ja, hallo! Das ist ja eine Überraschung! Verfolgt ihr uns etwa?«

Adrian schaffte es tatsächlich, dass es sich anhörte, als hätten sie die Mädchen nicht erwartet.

»Hi …«, sagten die beiden zögernd und sahen so aus, als würden sie am liebsten laut lachen, wüssten aber nicht, ob das passend war.

»Netter Einfall, das mit dem Schal«, sagte Adrian. »Jacks Mutter hat angerufen und es erzählt. Wir hatten gedacht, ihr überlegt euch eine Gemeinheit. Aber offenbar wart ihr zu beeindruckt von uns.«

Er grinste breit, und das Lachen, das sich bei den Mädchen angebahnt hatte, verschwand.

»Ich will den Schal nicht«, sagte das Mädchen namens Josefine. »Oder besser gesagt, er wäre wirklich perfekt für deine kleine Schwester. Deshalb hast du ihn jetzt.«

»Hast du sie gesehen?«

Jack hörte, dass er nervös klang, völlig überflüssig. Josefine hob die Augenbrauen.

»Nein. Und euer Haus steht noch. Deine entzückende Mutter lebt auch noch. Wir haben nicht mal den Lack von eurem Auto zerkratzt. Und übrigens, Jack …« Ihr Gesicht wurde ernst, und er merkte, dass sein dummes Herz einen extra Schlag machte.

»Weißt du, was ich nicht ganz verstehe? Du regst dich doch so über die verwöhnte Oberschicht auf. Dabei könnte meine ganze Familie in eurem Garten zelten und trotzdem würden wir uns noch darin verlaufen. Wer von uns ist hier eigentlich verwöhnt?«

Er holte Luft, um zu antworten, aber da hob Adrian den Arm.

»Gute Frage, Josefine. Ich finde, Jack soll ruhig …«

»Nenn sie Josie«, flüsterte das Mädchen neben ihr in Bühnenlautstärke.

»Und wie heißt du?«, fragte Adrian.

»Sigrid.«

»Hi, Sigrid.«

Nur zu ihr.

»Ich schlage vor, wir setzen uns erst mal da rein.« Adrian zeigte auf das Café, das ein Stück entfernt lag. »Dann müssen wir uns hier draußen nicht den Arsch abfrieren, während Jack erklärt, warum er *nicht* verwöhnt ist. Das könnte nämlich eine Weile dauern. Okay?«

Sigrid und Josie wechselten einen schnellen Blick und nickten fast gleichzeitig.

»Gut«, sagte Adrian. »Mir nach!«

Jack beobachtete, dass die Mädchen nicht die ganze Zeit kicherten und plapperten. Nur ab und zu ein bisschen. Sie waren so anders als die Mädchen, auf die er sonst stand – das komplette Gegenteil. Aber jetzt saßen sie hier dicht gedrängt an einem winzigen Tisch in dem winzigen Café. Die Mädchen bei Tee und Karottenkuchen, Adrian und er bei Kaffee. Eigentlich trank er nur Kaffee, weil es erwachsener wirkte. Das bittere, dunkelbraune Gebräu schmeckte ihm überhaupt nicht. Er bezweifelte, dass sich das jemals ändern würde.

Das Café war ein schmaler Raum mit einem langen Tresen an der einen Wand und ein paar wenigen Tischen an der anderen. Sie hatten ihre Jacken ausgezogen und über die Stuhlrücken gehängt. So weit war alles gut. Josie bemerkte seinen Blick und zog eine Augenbraue hoch. Er hob die Hände.

»Ich hab ihn nicht. Ehrenwort. Du kannst mich durchsuchen, wenn du willst.«

»Das hättest du wohl gerne, was?«, säuselte sie lächelnd.

Sigrid lachte. »Ich glaube, du hättest das noch lieber, Josie.«

»Halt die Klappe!« Aber in ihren Worten lag Wärme.

Dann sah sie Adrian an. »Wessen Hintern war das, den du geschickt hast? Hat mich neugierig gemacht. Wer von euch hat da so viele Pickel?«

»Keiner von uns. Der gehört Oskar, einem aus meiner Klasse. Ihr seid wahrscheinlich die Einzigen in Stockholm, die das Foto noch nicht kannten.«

»Vielen Dank. Sehr rücksichtsvoll.« Josie wandte sich an Jack. »Und jetzt zu dir. Warum solltest du nicht verwöhnt sein, wo du doch in einem Herrenhaus wohnst?«

»Weil ich …« Im selben Moment klingelte sein Handy. Er warf einen schnellen Blick aufs Display. Seine Mutter. Perfekt. Und das meinte er ernst. Es passte wirklich perfekt.

»Sekunde«, sagte er und stand auf. »Ich muss da rangehen.«

»Bestimmt der spanische Profiverein«, vermutete Adrian.

»Der, der auf Idioten steht?«, fragte Josie und tat so, als würde sie die Luft anhalten. Jack wäre am liebsten stehen geblieben und hätte mehr vom Basketball erzählt, dem einzigen Thema, für das er Feuer und Flamme war. Aber das Handy klingelte immer noch.

Er entfernte sich ein paar Schritte und nahm den Anruf an.

»Hallo«, sagte er schnell. »Alles okay bei mir. Kannst du mir einen Gefallen tun?« Er senkte die Stimme, und während er in das Handy sprach, hörte er im Hintergrund, wie Adrian vom Basketball erzählte.

»Und wenn sie es nicht schafft?«, fragte seine Mutter.

»Kein Problem. Hauptsache, sie versucht es.«

»Ich werde sehen, was ich tun kann.«

»Danke!«

Er blieb stehen, den Rücken zum Tisch gewandt, und schrieb eine schnelle SMS an Adrian. Dann ging er wieder an seinen Platz.

»So, jetzt kann ich es erklären. Seid ihr bereit?«

»Wir können es kaum erwarten!«, sagte Adrian.

»Also, die Sache ist so.« Er wandte sich an Josie und Sigrid.

Aus den Augenwinkeln sah er, dass Adrian die Hand in die Tasche steckte und auf sein Telefon schielte.

»Oberschicht hat nichts damit zu tun, in welchem Haus man wohnt oder wie viel Geld man hat. Es gibt Leute in Bromma, die sich einbilden, sie gehörten zur Oberschicht, aber das ist Quatsch. Oberschicht ist etwas, in das man hineingeboren wird. So wie du, Josefine af Lilja. Das sieht man schon von Weitem.«

Adrian warf ihm einen schnellen Blick zu, aber er brauchte – konnte – ihn nicht erwidern. Josie sah ihn an, und sie war nicht albern, aufgedreht oder kurz davor, einen frechen Spruch loszulassen. Sie war ernst, zum ersten Mal. Es war ein Blick, wie er ihn seit Monaten nicht mehr erhalten hatte.

»Okay«, sagte sie und strich eine blonde Strähne zurück. »Angenommen, du hast recht. Ist Oberschicht dann dasselbe wie verwöhnt?«

»Nein, nein. Aber du wirkst verwöhnt. Oder vielleicht tust du nur so. Es gibt Typen, die so was mögen.«

»Aber du nicht?«

»Nein.«

»Was magst du dann?« Sie klang aufrichtig interessiert und er verlor den Faden.

»Türkische Mädchen«, antwortete Adrian stattdessen.

Ein höfliches Lächeln zu Adrian, dann war ihr Blick wieder bei ihm. Sie wollte es wissen und er musste versuchen zu antworten.

»Ich mag …« Er runzelte die Stirn, als ihm klar wurde, was ihm auf der Zunge lag, aber er konnte die Worte nicht zurückhalten.

»Ich mag das hier.« Miteinander reden, ernsthaft, Blicke und Gedanken mit einem anderen Menschen austauschen. Aber das konnte er nicht sagen.

Ein kleines Zucken in dem immer noch ernsten Gesicht ihm gegenüber, aber kein ironisches Lachen, kein Kopfschütteln. Eher ein Nicken. Verstand sie ihn? Dachte sie vielleicht genauso?

Adrian lachte laut auf.

»Wisst ihr, warum ihn keiner mag? Dumm und faul im Unterricht, aber nach Schulschluss wird er plötzlich zum Philosophen. Freak.«

Die Mädchen lachten, und das war okay. Es war nötig.

»Und du bist nicht verwöhnt?«, fragte Josie.

»Nein«, erwiderte Jack. »Ich bin vielleicht dumm und faul. Und auch gemein. Aber nicht verwöhnt.«

»Er hat recht«, sagte Adrian. »Jedenfalls mit Ersterem.«

»Es ist immer lustig, wenn Leute einem erklären wollen, dass sie auf gar keinen Fall verwöhnt sind. Aber egal.« Josie sah ihn an. »Ist was mit dem Kaffee? Du hast keinen einzigen Schluck getrunken.«

Hinter ihr ging die Tür auf und ein Mädchen betrat das Café, ein paar Jahre jünger als Jack und sichtlich nervös. Ein Mädchen, das er gut kannte. Adrian neben ihm erstarrte. Jack warf dem Mädchen einen schnellen Blick zu, dann wandte er sich wieder zu Josie. Aber sein Kopf war plötzlich leer.

»Entschuldige, ich habe nicht zugehört.«

»Der Kaffee.« Sie deutete mit einem Kopfnicken auf seine Tasse und sah ihn und Adrian prüfend an. »Schmeckt er nicht?«

»Ich mag keinen Kaffee«, entgegnete er. »Aber ich hoffe, dass sich das ändert. Jedes Mal wieder.«

»Du bist ein typischer Colatrinker«, stellte Josie fest. »Du auch, Adrian. Gib's zu.«

Das Mädchen stand hinter Josie am Tresen. »Fünf Plunderschnecken«, bestellte sie schüchtern. »In einer Tüte, bitte.«

Sie hielt das Geld in der einen Hand, etwas Weiches in der anderen. Jack merkte, dass er die Luft anhielt.

»Ich geb's zu«, sagte Adrian. »Wir haben Kaffee bestellt, um Eindruck auf euch zu machen, aber ehrlich gesagt schmeckt der echt scheiße. Ich hole uns lieber zwei Cola.«

Er stand auf und Jack blieb mit Josie und Sigrid allein zurück. »Ja, also …«, sagte er und kam sich auf einmal ganz merkwürdig vor. Sein Blick flackerte unsicher hin und her, obwohl Adrian nur wenige Meter entfernt stand.

»Die Profivereine, die hinter dir her sind«, begann Josie, »was wollen die?«

»Nach Weihnachten soll ich in Spanien an einem Probetraining teilnehmen.« Er fühlte sich unbehaglich. Es fiel ihm immer schwer, über etwas zu reden, in dem er gut war. »Sie wollen, dass ich ausprobiere, ob ich da unten wohnen will.«

»Ohne Mama und Papa.« Josie lächelte, aber es war kein gemeines Lächeln. Er lächelte zurück, während er beobachtete, wie Adrian dem Mädchen mit den Plunderschnecken etwas zuflüsterte.

»Das nervt total. Und das meine ich ernst.« Jack seufzte, doch dann sah er den Mädchen an, dass sie keinen Schimmer hatten, wovon er gerade redete.

»Ich meine, ich spiele unheimlich gern Basketball, und ich

bin auch ziemlich gut, aber ich will nicht woanders hinziehen.«

»Dann dürfte es schwierig sein, Profi zu werden.«

»Fast unmöglich.« Er nickte und sah, wie das Mädchen hinter Josie in die Hocke ging und so tat, als müsse sie ihren Schnürsenkel binden, während sich ihre kleine Hand auf Josies Jackentasche zubewegte.

»Also muss ich wohl oder übel hin. Wird eine ganz neue Erfahrung sein. Besuchst du mich mal?«

»Ich?« Josie lächelte kaum merklich. »Allein?«

»Kannst ja sicherheitshalber Mama und Papa mitbringen.«

Irgendwas lief verkehrt. Er bemerkte ein kurzes Zucken in ihrem Gesicht.

»Mama reicht.«

Josies Jacke bewegte sich. Jacks Herz setzte für einen Schlag aus, als Josie sich umdrehte, doch scheinbar hatte sie nicht mitgekriegt, was gerade passiert war.

Jack musste die Mädchen weiter ablenken. »Du bist natürlich auch willkommen, Sigrid. Nimm Adrian mit, wenn du willst.«

Das Mädchen mit der Tüte Plunderschnecken schlüpfte unauffällig aus der Tür und ging eilig auf ein blaues Auto zu, das mit laufendem Motor wartete.

»Klar kommen wir runter und besuchen dich!«, sagte Adrian und stellte zwei Gläser mit Cola auf dem Tisch ab. »Wäre ja noch schöner!«

Jack wusste, dass aus dem Besuch nichts werden würde, aber die Vorstellung reichte ihm. Das nahm dem Auslandsabenteuer, das vor ihm lag, ein bisschen den Schrecken.

Das Auto vor dem Café fuhr davon.

»Entschuldigt.« Er holte sein Handy aus der Tasche und tippte eine kurze SMS.

Hab dich lieb, Fia.

Josie

Josie betrachtete Jack, während er auf seinem Handy tippte, und hatte nicht die leiseste Ahnung, was er schrieb. Bei manchen Typen wusste man genau, was in ihrem Kopf vorging, so wie bei Adrian zum Beispiel: blitzschnelle Witzeleien oder ziemlich flache Flirtversuche. Aber was Jack betraf, hatte sie keinen Schimmer. Die Neugier machte sie ganz kribbelig.

Jack hob den Blick und sah sie an, als hätte er ihre Gedanken gelesen. »Ich habe nur meiner Schwester geschrieben«, sagte er und grinste schief.

»Könnte hinkommen«, sagte Josie und sah ihm in die Augen, um zu testen, ob er ihrem Blick standhielt.

Aber auch das schien bei ihm nicht zu funktionieren. Er saß einfach da, grinste zufrieden und war ganz entspannt. Derselbe Typ, der vorhin so sauer gewesen war. Josie merkte, dass sie ihn gerne ansah, so als ob seine Entspanntheit auf sie abfärbte.

»Bist du gut im Lügen?«, fragte sie und kramte eine Tube Handcreme aus ihrer Tasche.

»Wie man's nimmt«, erwiderte er. »Ich diskutiere gerne. Zählt das?«

»Das Problem ist nur, dass Jack sogar jetzt lügt«, sagte Adrian, der noch immer neben dem Tisch stand, und beugte sich vor. »Jeder Gegenspieler kann sehen, wann er die Schnauze voll hat und heim zu Mami laufen will.«

Jack holte zum Schlag aus, doch Adrian wich aus.

»Gut«, sagte Jack und rückte einen Stuhl auf, damit Adrian nicht wieder an seinen Platz zurückkonnte. »Halt dich aus unserem Gespräch raus, rede mit Sigrid.«

»Ey!«, rief Sigrid und spielte die Beleidigte. »Was hab ich denn jetzt damit zu tun?«

Josie lachte und spürte, wie es in ihrem Bauch kitzelte. Jack wollte sich nur mit ihr unterhalten, Sigrid sollte sich raushalten. Aber trotzdem. Rasch legte sie eine Hand auf Sigrids Knie. Die legte ihre Hand obendrauf. Touch base, das genügte.

Josie wandte sich wieder an Jack. »Du wirkst so ruhig«, sagte sie. »Bist du es?«

Er trank einen Schluck Cola und Josie schüttelte sich unwillkürlich. Cola war so ungefähr das Ekligste, was sie sich vorstellen konnte, sie hasste alle Arten von Chemiecocktails, die als Getränk vermarktet wurden.

»Was trinkst du sonst noch außer Tee?«, fragte Jack, ohne auf Josies Frage einzugehen. »Das ist schon deine zweite Tasse innerhalb von ein paar Stunden. Wirst du davon nicht ganz nervös? Noch mehr, meine ich.«

Letzteres kam mit einem verstohlenen Lächeln, so als hätte

er sich versprochen. Josie lachte laut auf, ein bisschen verlegen, weil er es bemerkt hatte und sie ein Geheimnis teilten. Solche Typen waren selten.

»Beobachtest du mich?«, fragte sie.

»Nein.«

Peng, einfach so, als wollte er sagen: *Bilde dir bloß nichts ein*. Vielleicht war es auch sein Pokerface. Josie war sich nicht sicher, aber sie wollte es unbedingt herausfinden.

»Also, warum trinkst du Cola?«, fragte sie. »Müssen Sportler nicht gesund leben und darauf achten, was sie in sich reinschütten? Das Zeug würde mich wirklich nervös machen.«

»Tee wirkt auch nicht gerade beruhigend, oder?«, sagte er, als wüsste er schon, dass sie ganz kribbelig war. »Aber vielleicht hast du auch einfach nur Feuer.«

»Danke für die Diagnose«, erwiderte Josie und lachte. »Verwöhntes feuriges Mädchen mit einem dubiosen Basketballer in Bromma verschwunden. Wer sie gesehen hat, wendet sich bitte an die nächste Polizeidienststelle?«

Jack saß ungerührt da und sah zu, wie sie lachte, so als wartete er einfach ab.

»Und du, hast du keine Macken?«, fragte sie, als ihr Lachen auf Sparflamme reduziert war. »Außer einem verdammt schlechten Humor?«

»Jack hat eine milde Form von Asperger«, warf Adrian eifrig ein. »Er kann stundenlang dastehen und Bälle in einen Korb dreschen, ohne mitzukriegen, dass der Rest der Mannschaft längst nach Hause gegangen ist.«

»Du bist also ziemlich ehrgeizig«, sagte Josie.

»Ist vielleicht höchste Zeit, euch beide einzuweisen. Ist hier in der Nähe nicht ein altes Irrenhaus?«, schlug Sigrid vor, erhielt aber keine Antwort. »Nicht? Okay«, seufzte sie übertrieben und sie und Adrian verdrehten gleichzeitig die Augen. Sekunden später brachen sie in Gelächter aus.

»Müsstest du nicht längst zu Hause sein?«, wandte Jack sich an seinen Kumpel. »Ich meine, Abendessen um fünf, rechtzeitig vor dem Sandmännchen, so eine bewährte Routine wirft man doch nicht einfach um. Du bist schon ziemlich spät dran, Adrian.« Jack wollte mit Josie alleine sein.

»Feste Mahlzeiten, wie süß!« Sigrid lachte, machte dann aber ein Gesicht, als hätte sie gerade eine Spinne verschluckt.

Die Jungs sahen sie verwundert an.

»Was ist?«, fragte Sigrid und hob die Hände. »Was hab ich denn jetzt wieder gesagt?«

»Habt ihr etwa keine festen Mahlzeiten?«, fragte Adrian und wirkte auf einmal ernsthaft schockiert.

Josie bekam Lust, ihm durchs Haar zu fahren, und streckte die Hand nach ihm aus. Adrian wich zurück wie ein beleidigter Hund.

»Übrigens isst Jacks Familie sonntags immer zusammen mit der ganzen Verwandtschaft. Rinderbraten mit Preiselbeerkompott. Das nenne ich spießig«, sagte Adrian eingeschnappt, als könnte er nicht gut verlieren.

»Das müssen wir jetzt herausfinden«, sagte Josie lächelnd. »Ich finde das sehr wichtig.«

Sie sah zu Jack, der gespielt in die Hände spuckte und seine Ärmel aufkrempelte. Zum ersten Mal nahm sie wahr, was er eigentlich anhatte. Farbe. Auf seinem orangen Pulli prangte das Logo einer Sportmarke. Sah gut aus.

»Okay, Lektion eins«, sagte Sigrid mit ernster Miene.

Josie lachte sofort los. Sie wusste genau, was jetzt kam. Sigrids Paradenummer, die Djursholm-Model-Parodie. Sigrid war alles andere als neureich, sie war überhaupt nicht reich.

»In Djursholm haben alle Kinder ein Konto beim Djursholm Golfclub und nehmen selbstverständlich auch ihre Mahlzeiten dort ein«, begann Sigrid mit wichtiger Stimme, »denn wenn die Eltern nicht gerade auf den Malediven sind, dann sind sie irgendwo eingeladen und besaufen sich mit teurem Jahrgangswein. Sie haben keine Zeit für ihre Kinder und außerdem speist die *Oberschicht* selten vor acht zu Abend.«

»Amen.« Adrian klatschte Beifall, doch Jack sah nachdenklich aus.

Oje, hoffentlich glaubt er das nicht, dachte Josie und wand sich unbehaglich. Obwohl, in manchen Fällen stimmte es tatsächlich, genauso wie es stimmte, dass hier in der Runde langsam die Luft raus war. Sie wollte das nicht, noch nicht!

»Wieso findest du, dass ich verwöhnt wirke?«, fragte Josie, um das Gespräch zu retten.

»Willst du das wirklich wissen?«, erwiderte Jack.

»Traust du dich, es wirklich zu sagen?«

Es war verrückt, in null Komma nix hatte sich alles zu einem Tauziehen gewendet.

»Scheiße, jetzt fangen die schon wieder an«, stöhnte Adrian. »Ey, Mann, mir reicht es langsam. Meinst du, du kommst hier alleine klar, wenn ich jetzt die Biege mache?«

Jack lachte auf, sah aber plötzlich verlegen aus. Josie warf unauffällig einen Blick auf die Uhr. Fast acht! Wann waren sie zum NK aufgebrochen, gegen vier?

»Hau schon ab, wenn du dir die Chance entgehen lassen willst, diese Oberschicht-Sache ein für alle Mal zu klären«, antwortete Jack, sah aber Josie dabei an. Es war, als wären sie ganz allein im Raum.

»Okay, Jack, dann los«, sagte Josie und legte ein wenig Lipgloss auf, um sich bereit zu machen, »aber erst musst du mir was versprechen. Wenn ich gewinne, nimmst du mich zu was richtig Prolligem mit, so was wie ein Basketballmatch in Alvik oder ein Sonntagsessen zu Hause bei dir im Getto. Deal?«

»Schuss von der Dreipunktelinie«, rief Adrian und Sigrid sah ihn fragend an. »Punkt für Josie.«

»Wenn du gewinnst?« Jack grinste. »Wer entscheidet das? Und wieso glaubst du, ich würde mein Getto mit dir beschmutzen?«

»Humor hat der Kerl ja«, sagte Sigrid mehr zu sich selbst.

»Und Selbstironie«, ergänzte Adrian.

»Was weißt *du* denn von Selbstironie, Adrian?« Jack blickte Josie an. »Also, sag schon, warum sollte ich dich irgendwohin mitnehmen?«

»Weil du es willst«, antwortete sie ruhig, »und weil du einsehen wirst, dass ich nicht mal Papas Liebling bin.«

»Genau, Josies Vater ist nämlich …«, begann Sigrid, aber Jack fiel ihr ins Wort.

»Gebongt«, sagte er. »Es wird nie dazu kommen, dass ich dich mit nach Hause nehmen muss.«

»Du wirst es nie *wagen*, mich mit nach Hause zu nehmen«, korrigierte Josie ihn.

»Na los, jetzt fangt doch endlich an«, stöhnten Sigrid und Adrian wie aus einem Mund.

Also begann Jack noch einmal lang und umständlich zu erklären, warum er die selbst ernannte High Society verachtete. »Am schlimmsten sind die, die sich einbilden, etwas Besseres zu sein als alle anderen.«

Je länger er redete, desto klarer erkannte Josie, dass er nicht herumalberte. Einiges war zwar ziemlicher Quatsch und wirkte total kleinkariert, aber er schien alles so zu meinen, wie er es sagte. Sie ertappte sich dabei, dass sie gar nicht so genau darauf achtete, was er sagte, denn sein Körper redete eine ganz eigene Sprache. Der Mund sagte etwas, aber seine Augen sagten etwas anderes.

»Bei dir ist es mir klar geworden, als du mich im NK hast ausrufen lassen. So etwas trauen sich nur Schickimicki-Bräute, die glauben, dass sie alles kriegen, was sie wollen«, sagte er abschließend.

»Geile Predigt«, lachte Adrian. »Wenn es mit der Basketballkarriere nicht klappt, sollte unser kleiner Jack Pastor werden.«

»Das war ja wahnsinnig interessant«, sagte Sigrid.

Plötzlich wurden Jacks Augen aus irgendeinem Grund dunkel. Wut, Verachtung, Gekränktheit? Josie wusste ehrlich nicht, wie sie mit so einem Typen umgehen sollte. Das Ego solcher Jungs war ziemlich schnell verletzt. Sigrid hatte es nicht böse gemeint, sie war nur genervt. Sie hockte da auf ihrem Stuhl und knibbelte vor lauter Langeweile den Nagellack von ihren Nägeln.

»Josie, wirklich«, sagte Sigrid und zeigte auf ihre Armbanduhr. »Meine Oma. Aber wenn du noch bleiben willst, du musst ja nicht …«

»Muss ich doch«, widersprach Josie. »Das ist Tradition. Weihnachten ohne deine Oma ist irgendwie nicht Weihnachten.« Dann holte sie tief Luft und seufzte. »Außerdem ist es die letzte Chance, bevor ich wegfahre.«

»Wegfahren, wohin?«, fragte Jack, der sich scheinbar am liebsten auf die Zunge gebissen hätte. Adrian grinste und kippelte mit dem Stuhl.

»Nach Los Angeles.« Josie blickte Jack direkt in die Augen. »Ich fliege am zweiten Weihnachtstag.«

Jack sah Josie an, als würde er auf dieser Information herumkauen, aber nicht einmal Josie, die eine Expertin im Interpretieren von SMS, Mails, Chatnachrichten, Status-Updates und dergleichen war, hätte aus den paar Sätzen sehr viel mehr herausholen können. Sie beschloss, Jack einen fetten Knochen hinzuwerfen. Wenn er danach schnappte, würde es ihr viel leichter fallen, einfach aufzustehen und zu gehen. »Und anschließend zurück nach London, bevor die Schule wieder anfängt.«

»Was, du gehst in London zur Schule?« Adrian warf sich nach vorn und der Stuhl knallte auf den Boden. »Cool, da wollte ich schon immer mal hin! Vielleicht sehen wir uns dann mal.«

Jack sagte nichts.

»Ja, das heißt nein, ich gehe in Oxford zur Schule. Aufs Internat. Da kommt ihr leider nicht rein, es sei denn, ihr klettert die Feuerleiter hoch.« Josie lachte. »Jungs dürfen nur ins Fernsehzimmer, und dann sind alle Mädchen so aufgedreht, dass sie sich darum schlagen, die Typen mit dünnem Tee und Toast rumzukriegen.«

»Das mit der Feuerleiter und dem Tee kriegen wir hin«, sagte Adrian und grinste von einem Ohr zum anderen. »Stimmt's, Jack? Ist das eine Mädchenschule? Nicht dass es mich besonders interessiert, aber es ist nie verkehrt, vorbereitet zu sein.«

»Keine Mädchenschule«, erwiderte Sigrid, »und Josie wohnt nur unter der Woche da. Die restliche Zeit wohnt sie in ihrem eigenen Haus in London.«

Jack sah Josie an. Ihre Blicke trafen sich, bis die Augen alles gesagt hatten, alles, was richtig und wichtig war. Ohne dass er auch nur einen Laut von sich gegeben hatte, wusste Josie, dass Jack niemals nach London kommen würde. Nicht zum Basketballtraining und vielleicht auch nicht mit diesem spanischen Verein, aber vor allem, weil er es so beschlossen hatte.

Eine große Traurigkeit überfiel sie. Alle schienen darauf zu warten, dass sie etwas sagte.

»Ich muss aufs Klo.« Josie stand auf und ging, ohne jemanden anzusehen. Sie spürte Sigrids Blick im Rücken.

Auf die Toilette, Tür abschließen, Wasser aufdrehen. Josie setzte sich auf den Klodeckel. Der Tag war so rasend schnell vergangen, und da draußen saß ein Typ, mit dem sie gerne länger geredet hätte. War er es überhaupt wert? Seine Laune pendelte wie eine Schaukel. So wie er im NK gewesen war, ob er wieder so sein konnte? Josie hatte die Erfahrung gemacht, dass unfreundliche, schweigsame Typen nicht notwendigerweise tiefsinnig und toll waren, aber die netten, gut erzogenen Jungs konnten mindestens ebenso blöd sein. Letztes Jahr erst dieser verrückte Liam, und dann hatte sie sich auf einer Studentenparty ihres Bruders unsterblich in einen Typen verknallt, den Sigrid, schnell wie eine Kobra, den »Prinzen« getauft hatte. Ohne jede Selbstachtung war Josie ihm hinterhergerannt, wann immer sie in Schweden war. Sie hätte ebenso gut sein Hund sein können. Die Abende, an denen er sie mit zu sich nach Hause nahm, waren toll gewesen. Ihre Mutter hatte einen riesen Aufstand gemacht, weil Josie nichts von sich hören ließ, aber das war es wert. Josie erinnerte sich noch an den Mond an diesen Abenden und wie es gegossen hatte, als der Prinz eine Braut anschleppte, die Sigrid auf den Namen »Reh« taufte. Und selbst da war Josie noch nicht kuriert. Der Körper hat seine eigenen Erinnerungen. Irgendwann hatte sie schließlich auf ihren Verstand gehört. Keine Jungs mehr. Vor etwa zwei Jahren hatte sie noch jeden x-beliebigen Typen geküsst für ein bisschen Hautkontakt und Hoffnung auf Liebe, aber jetzt: nein. Und als sie aus der Kabine trat, ihre Hände wusch und sich im Spiegel ansah, wusste Josie, warum. Dieser Jack gefiel ihr. Manchmal weiß man einfach, dass man jemanden ganz wahnsinnig mögen wird, und dann geht unheimlich viel Zeit dafür drauf, dass man trauert, weil man nicht zusammen ist.

»Lebst du noch, oder was?«, hörte sie Sigrid rufen und dann wurde heftig an die Tür gehämmert. »Na los, Josie, komm zurück auf die Erde.«

»Komme gleich.« Josie musste lächeln, Sigrid kannte sie wirklich in- und auswendig.

Als sie aus der Toilette kam, nickte Sigrid ihr kurz zu. Ihre Freundin schien begriffen zu haben. Die beiden Jungs verfolgten sie mit den Blicken. Adrian rutschte auf dem Stuhl herum, während Jack ganz still dasaß. Josie ging zu ihrem Platz und zog sich sofort ihre Jacke an. Draußen vor dem Fenster türmten sich hohe Schneewälle in der pechschwarzen Dunkelheit und ihr graute es schon vor der Kälte. Sie hätten lieber nachschauen sollen, wann die Bahn fuhr, bevor sie sich auf den Weg machten, aber jetzt war es zu spät. Sigrid war auch gerade dabei, ihre Jacke anzuziehen und wandte sich mit einem knappen »Also dann« an die Jungs. Adrian sagte irgendwas, aber Josie achtete nicht auf ihn. Alles, was sie hörte, war Jacks Schweigen.

Die Bedienung hinterm Tresen hatte schon die belegten Brötchen mit Plastikfolie abgedeckt und war gerade dabei, die Kerzen auf den Tischen auszublasen. Adrian zog Sigrid mit sich zur Tür. Sie kicherten, holten ihre Handys hervor, lachten. Josie trat einen Schritt näher an Jack heran, der auch aufgestanden war. Sie sah ihn an.

»Hier«, sagte sie und griff nach seinem Arm. Mit der anderen Hand zog sie den Schal aus der Jackentasche und drückte ihn Jack in die ausgestreckte Hand. Dann stand sie da, ihre Hand wie ein Deckel über allem.

»Ich fürchte, der bekommt sonst noch Beine«, sagte sie und lächelte, wagte aber nicht, Jack in die Augen zu sehen.

»Aber«, stotterte er, »wie, ich meine …?«

»Pst, weck ihn nicht, er schläft. Was, wenn er abhaut?«

»Wie, du meinst, dass er sich davonschleicht, einfach so?«, fragte Jack.

»Mhmm«, erwiderte Josie, »und wer soll ihn dann wieder einfangen?«

»Du«, sagte Jack und stand da, seine Hand in ihrer.

Das fühlte sich gut an. Josie sah in seine Augen. Jetzt wusste sie es, blau wie das Meer und der Himmel, und alles wirkte aufrichtig und echt. Lange dichte Wimpern, die sie am liebsten berührt hätte, aber dann hätte sie seine Hand loslassen müssen. Jeden Moment würde der Zauber gebrochen sein. Aschenputtel würde Abrahamsberg verlassen müssen.

»Schenk ihn deiner Schwester, er wird ihr sehr gut stehen. Die Farbe passt toll zu ihren dunklen Haaren.«

»Aber wie ...?«, begann Jack und regte sich in Gedanken über sein Gestotter auf. *Du* und *aber wie* – das war nicht gerade große Konversation.

»Ich habe das Auto erkannt, das draußen gewartet hat«, erklärte Josie und lachte. »Und ich habe gemerkt, wie meine Jacke sich bewegt hat, als deine Schwester mir den Schal in die Tasche gestopft hat. Geschickt gemacht, die ganze Sache, sehr diskret. Ich bin beeindruckt.«

Jack räusperte sich. Schwankte er ein bisschen oder hatte sie sich das nur eingebildet? Er sah sie direkt an.

»Und trotzdem gehst du jetzt«, sagte er. »Gerade als ich dich so richtig fertigmachen wollte.«

Josie sah Jack an, länger, als sie es sich jemals zugetraut hätte. Irgendwie war seine wütende Art gar nicht so schlimm.

»Du hättest mich doch nur traurig gemacht«, flüsterte sie.

Sigrid öffnete die Tür. Eiskalter Winterwind wehte ins Café, und die Bedienung an der Kasse bat Sigrid sofort, die Tür wieder zuzumachen. Adrian stand an der Schwelle und sah ein wenig unglücklich aus. Josie nahm die Hände zurück und zog ihre Handschuhe an, damit ihr nicht die Finger abfroren, jetzt wo seine Hände sie nicht mehr wärmten.

Josie und Sigrid saßen schweigend in der U-Bahn Richtung Innenstadt. Sie passten in vielerlei Hinsicht gut zusammen, dachte Josie. Sigrid beschäftigte sich mit ihrem Handy, vielleicht, um irgendwelche Neuigkeiten auf Facebook zu checken, aber vielleicht auch, weil sie sah, dass Josie einfach ihre Ruhe brauchte. Die hatte ihre rosa Mütze tief ins Gesicht gezogen, den Kopf an die Fensterscheibe gelegt, und starrte nach draußen in die Dunkelheit.

Erst als sie in Gamla stan ausgestiegen waren und über die eisglatten Kopfsteinpflaster schlitterten, hatte das Schweigen ein Ende.

»Schade, dass es schon so spät ist«, sagte Sigrid, die es an der Zeit fand, die Stimmung etwas aufzulockern. »Ich liebe es, wenn die Kirchenglocken läuten. Das hört sich an wie *Stille Nacht* in Schlagerversion.«

Josie musste lachen und griff nach Sigrids Hand, um sie hin und her zu schwenken. Sie sahen hinauf zur Tyska kyrkan und übers Wasser nach Mariaberget am anderen Ufer. Altmodische Straßenlaternen leuchteten matt unter Bergen von Schnee. Der Winter in der Stockholmer Altstadt war so unglaublich schön. Langsam gingen sie hinunter zum Denkmal von Sankt Göran mit dem Drachen.

»Du mochtest ihn, oder?«

»Ja«, antwortete Josie, »irgendwie schon, dabei ist er nicht mal mein Typ. Egal, jetzt will ich einfach Weihnachten feiern und dann weg.«

»Ach ja, in die Sonne«, seufzte Sigrid. »Blasser als wir kann man echt nicht sein.«

Sie sprachen über Blässe und Sonnenstunden, bis sie am

Haus von Sigrids Oma angekommen waren, zu dem eine Treppe mit krummen Stufen hinaufführte. Sigrids Oma war so etwas wie eine Ersatzoma für Josie, denn wie stürmisch es in der Welt auch zuging, sie war immer da. Aber heute blieben sie nur so lange, bis sie ihre Blechdosen voller Sahnebonbons zwischen mehreren Lagen Butterbrotpapier erhalten hatten. Dann gingen Sigrid und Josie unten am Skeppsbron-Kai auseinander, nachdem sie sich fest und lange umarmt hatten. Sigrid würde zur U-Bahn-Station Slussen gehen, um nach Hause zu fahren, aber Josie wollte noch ein bisschen spazieren gehen. Es war einer dieser seltenen Abende, an denen niemand merkte, wie lange sie wegblieb. Ihre Mutter war noch in London und Fredrik war mit seinen Freunden unterwegs.

»Bis morgen«, sagte Sigrid und stapfte durch den Schnee. Doch dann drehte sie sich noch einmal um und rief: »Aber du kannst mich anrufen, wann immer du willst, das weißt du, ja?«

»Keine Sorge, ruh dich heute Abend von mir aus. Hab dich lieb.«

Es war eine stille Nacht, jedenfalls heute. Die Wasserflächen des Strömmen waren fast zugefroren, Vögel drängten sich auf dem Eis zusammen, um sich gegenseitig zu wärmen. Josefine af Lilja zog sich die Mütze tiefer über die Ohren und ging los.

JACK

Er spazierte langsam durch die Winternacht nach Hause.

Er war noch eine Weile bei Adrian geblieben, weil er einfach nicht richtig zur Ruhe kam. Sie hatten über die Mädchen geredet und gelacht, dann hatten sie über andere Dinge gesprochen. Jetzt war er auf dem Heimweg.

Er nahm die weihnachtlichen Eindrücke von den Häusern zu beiden Seiten der Västerledstraße in sich auf. Manche Bewohner hatten es echt übertrieben und ganze Bäume unter hektisch blinkenden Lichterkaskaden begraben, die vermutlich die Nachbarn in den Wahnsinn trieben.

Eine kleine Tanne mit dunkelgrünen, schneebedeckten Zweigen, über die eine Lichterkette mit matt dunkelroten Lichtern drapiert war, erweckte seine Aufmerksamkeit. Gerade als er stehen blieb, um den Baum zu betrachten, vibrierte sein Handy in der Jeanstasche.

Er zog es heraus und spürte plötzlich ein hoffnungsvolles Kitzeln im Bauch. Aber konnte es überhaupt sein, dass sie sich bei ihm meldete? Im Gegensatz zu Adrian und Sigrid hatten sie ja nicht alle Hemmungen fallen lassen und sämtliche Kontaktinformationen ausgetauscht, die es gab. Warum konnte er sich nicht entspannen und den Dingen ihren Lauf lassen?

Die SMS war von Adrian.

Denke, du würdest das hier jetzt gerne haben wollen.

Und dann eine Nummer. *Ihre* Telefonnummer. Logisch. Adrian kannte ihn viel zu gut. Er starrte auf die Ziffern, die zu ihr führten, und überlegte, was er tun sollte. Er konnte ja schlecht einfach anrufen. Er selbst hatte schon lange aufgehört, Anrufe von fremden Nummern anzunehmen. Und warum sollte er auch anrufen?

Sie hatte gesagt, dass sie am zweiten Weihnachtstag nach Los Angeles fliegen würde und von dort aus weiter nach London. Stockholm war nur ein kurzer Zwischenstopp während einer endlosen Luxusreise gewesen.

Er schüttelte den Kopf. Aber sie war ja nicht die Einzige, die verreisen würde. Er selbst sollte zu diesem Verein nach Spanien und anschließend vielleicht noch nach Italien, um Probe zu spielen. Nicht dass er sich danach sehnte. Er liebte Basketball, und es war toll, dass internationale Vereine ihn in der Mannschaft haben wollten, aber er hatte keine große Lust, ins Ausland zu gehen. Er wusste, dass andere schwedische Spieler, die diesen Schritt gegangen waren, es schwer gehabt hatten. Vom Trainer zusammengestaucht, weit weg von Familie und Freunden …

Das Telefon in seiner Hand vibrierte. Er zuckte zusammen, wieder mit dieser kitzelnden Hoffnung.

Wieder Adrian.

Es ist okay, bestimmte Dinge zu tun, einfach weil es Spaß macht.

Er schaute sich um, während sein Lächeln immer breiter wurde. Kein Adrian zu sehen. Aber sein Freund hatte recht. Genau das war es ja. Spaß. Vielleicht war es sogar eine Erleichterung, dass es keine Fortsetzung geben würde. Es gab nichts zu hoffen. Nur diesen Abend.

Dann war es auch nicht lebensgefährlich, es zu versuchen. Sie hatten ja sowieso keine Chance. Er konnte auch ein Nein ertragen. Oder gar keine Antwort.

Neue Nachricht von Adrian.

Und kein Wort über Ayla. Niemand will sich Gejammer über eine Verflossene anhören. Okay?

Das war ihm auch klar.

Zeit, Josie zu simsen. Nur dass er keine Ahnung hatte, was er schreiben sollte. Oder wie er überhaupt anfangen sollte. Sein Kopf war leer. Aber er wollte irgendwas schreiben, wollte ihr sagen, dass er an sie dachte, obwohl er sie eigentlich nicht mochte. Oder vielleicht gerade deswegen.

Lächelnd begann er zu tippen.

Es war schwer, Worte zu finden. Immer wieder las er den Text und versuchte, in sich hineinzuhorchen, ob es so richtig war, aber schließlich war sein Kopf so voller Varianten, dass er gar nichts mehr wusste. Er löschte das allermeiste, bis nur noch der Kern übrig war, schickte die Nachricht ab und steckte das Handy tief in die Hosentasche.

Dann wandte er sich von der Tanne mit der roten Lichterkette ab und ging weiter. Am wahrscheinlichsten war, dass er heute Abend keine Antwort mehr erhalten würde. Und morgen war es zu spät. Er wusste das, und sie sicher auch. Vielleicht genügte es, dass sie eine Stunde im Café gesessen und gelacht hatten. Eine gute Stunde.

Das grüne Haus, in dem er wohnte, tauchte auf der linken Seite auf. Er sehnte sich ins Warme und fragte sich, welcher Teufel ihn geritten hatte, diese Nachricht zu schicken. Er hatte wirklich keine Lust, noch länger draußen in der Kälte zu bleiben.

In dem Moment vibrierte es in seiner Hosentasche. Er blieb abrupt stehen. Dasselbe Kitzeln, dieselbe prickelnde Hoffnung. Er hielt die Luft an, während er das Handy herauszog.

Die Nachricht kam von einer Nummer, die er wiedererkannte, obwohl er sie nicht eingespeichert hatte. Eine Nummer, die er gerade benutzt hatte.

Hötorget

Kein Hallo, kein abschließender Punkt, kein Wort darüber, wie schön es war, dass er sich gemeldet hatte, keine Bitte, in die Stadt zu kommen, und kein unnötiges Geplapper. Ziemlich cool.

Er sah auf.

Warmes Licht fiel aus den Fenstern, er entdeckte seine Mutter in der Küche, damit beschäftigt, das Essen für Heiligabend vorzubereiten. Sein Vater las Zeitung, Fia saß mit ihrem Laptop am Esstisch und sein großer Bruder Kenneth war hinter der Wohnzimmertür zu erkennen. Die ganze Familie dort drinnen versammelt in der Wärme, nach der er sich so gesehnt hatte.

Er blieb neben dem Auto in der Einfahrt stehen. Wenn er

erst im Haus war, würde er bleiben, das wusste er. Dann würde er sich nicht mehr aufraffen, noch mal wegzugehen.

Er betrachtete die Nachricht. Ein Wort, ein Ort, wie eine Art Versprechen. Oder eine Sehnsucht. Oder genau das, was er wollte.

Und was wollte er?

Mit dem Telefon in der Hand machte er kehrt und ging denselben Weg zurück, den er gekommen war.

Er wählte eine Nummer und lief weiter, während es am anderen Ende klingelte.

»Hi, Mama, ich bin's. Ich fahre in die Stadt und treffe mich mit den Mädchen. Nein, ich esse unterwegs. Weiß noch nicht, wann ich nach Hause komme, ich sag Bescheid.«

Ein Vibrieren signalisierte, dass er eine SMS erhalten hatte.

»Keine Sorge«, fuhr er fort. »Ich bin mir ziemlich sicher, dass sie keine Menschenfresser sind. Tschüss!«

Er legte auf und rief sofort die SMS auf.

Hallo Jack! Sorry für die kurze Nachricht eben. Ich bin am Hötorget. Ausgang Konserthuset. Wenn du dich traust, können wir ja herausfinden, wer von uns verwöhnt ist. Oder musst du schon ins Bett? 9 Uhr ist ja schon ziemlich spät für einen Profisportler.

Das klang mehr nach der Josie, die er im Café getroffen hatte, und schnell antwortete er.

Schon unterwegs.

Er behielt das Telefon in der Hand, bis ihre Antwort kam.

Gedankenleser?

Er schrieb noch, als auch schon ihre nächste Nachricht eintrudelte.

Oder hast du Sehnsucht nach mir?

Hätte sie ihn besser gekannt, hätte sie das nicht geschrieben. Er hasste es, wenn Mädchen glaubten, sie hätten Macht über ihn und könnten ihn steuern, wie sie wollten. Wenn er so etwas merkte, stand er mitten im Gespräch auf und ging. Wieder kam eine Nachricht an.

Wohin wärst du gefahren, wenn ich geschrieben hätte: New York?

Er lachte und begann von vorn. Und diesmal brachte er seinen Text zu Ende.

Zum Hötorget. Da wollte ich sowieso hin.

Zuerst wollte er einen Smiley hinzufügen, der die Zunge ausstreckte, aber so was konnte er eigentlich nicht leiden und riskierte es lieber, missverstanden zu werden.

Er merkte, dass er schneller ging, es war immer noch ein ganzes Stück bis zur U-Bahn. Eine neue Nachricht:

Adrian hatte recht. Du bist ein schlechter Lügner.

Wieder gefährlich nahe daran, ihn zu ärgern. Als wäre er nur ihretwegen auf dem Weg in die Stadt, als bildete sie sich ein, sie könnte ihn nach ihrer Pfeife tanzen lassen. Das schaffte keine. Oder jedenfalls nicht viele. Oder … keine, die gerade aktuell war. Noch eine SMS:

Aber den Schal schiebst du mir nicht noch mal unter. Ist das klar?

Lächelnd ging er am verschneiten Bolzplatz und am Spielplatz vorbei, während er schrieb. Und es sicherheitshalber noch mal durchlas, bevor er es abschickte.

Wenn wir auseinandergehen, hast du den Schal. Versprochen.

Keine Smileys. Sollte sie es doch deuten, wie sie wollte.

Als sie antwortete, konnte er die Brücke zur U-Bahn weit vor sich am Abrahamsbergsbacken sehen. Eine hell erleuchtete Bahn Richtung Hässelby fuhr im Schneegestöber in die Station ein.

Klingt so, als würden wir nie auseinandergehen.

Er spürte ein Ziehen im Bauch, so als läge etwas Großes und Wichtiges in den Worten, etwas, nach dem er sich sehnte und es doch am liebsten nicht wollte …

Wie lange schafft ein Sportdepp es, sich wach zu halten?

Oder als wäre er der letzte Blödmann.

Aber auf dem Niveau war das Gespräch okay. Da konnte er lachen und zurückschlagen.

Du wirst den Schal kriegen.

Er beschloss, nichts mehr zu schreiben.

Die coole Masche jetzt? Wow … gähn.

Er ging durch die Sperre und lief die Treppe hinauf. Gerade fuhr eine Bahn ein.

Oder bist du nur ausgerutscht?

Im Zug waren kaum Leute. Er stieg ein und ließ sich auf einen leeren Platz fallen.

Und hast du das Handy verloren? Oder hast du es kaputt gemacht?

Er zwang sich, nicht zu antworten, zwang sich, nicht zu grinsen, zwang sich, aus dem Fenster auf die wenigen Autos zu schauen, die den verschneiten Drottningholmvägen entlangfuhren.

Und ich muss jetzt hier stehen und frieren, bis du aufkreuzt?!

Unmöglich, nicht zu reagieren.

Ja.

Typisch!

Sie war blitzschnell. Es war ihm ein Rätsel, wie die Funkmasten das schafften.

Rühr dich nicht vom Fleck. Bin gleich bei dir.

Er steckte das Telefon in die Tasche und schaute aus dem Fenster, während die U-Bahn über die Tranebergsbron schaukelte. Noch knapp zehn Minuten bis Hötorget. Es kam ihm vor wie eine Ewigkeit.

Wieder eine SMS.

Ist es okay, wenn ich winke? Ich verspreche, ich mach es nur ganz kurz.

Mit einem nervösen Kribbeln im Bauch ging er die Treppen zum Ausgang Konserthuset hinauf. Es war ewig her, dass er so was wie das hier gemacht hatte. Aber Adrian hatte recht, ab und zu war es gut, Dinge einfach deshalb zu tun, weil sie Spaß machten.

Als er auf die frostige Kungsgatan hinaustrat, sah er sie sofort. Sie stand mit dem Gesicht zu ihm und etwas hatte sich verändert. Das Leuchten in ihren Augen war noch da, auch das Lebhafte und Spöttische. Aber plötzlich wirkte sie zerbrechlich, so als würde das hier für sie auch etwas bedeuten. Das hatte er eigentlich nicht erwartet.

Er spürte eine weiche Wärme in seiner Brust.

»Hallo, Josie.« Er streckte ihr die Hand entgegen, nicht wie zum Handschlag, sondern eher, als sehnte er sich nach Berührung.

»Hallo, Jack.«

Sie umschloss seine Finger behutsam.

»Da bin ich«, sagte er leise. »Wohin gehen wir?«

»Keine Ahnung.«

»Dann bestimme ich.« Er sah sich um, während sie ihn neugierig beobachtete.

»Ich dachte, wir wollten streiten.«

»Das werden wir. Später.«

Sie überquerten den Sveavägen und gingen die Kungsgatan hinunter Richtung Stureplan. Immer noch waren eine Menge Leute unterwegs, sogar einige Geschäfte hatten noch geöffnet. Doch der Abend glitt langsam in die Nacht hinüber.

Sie schwiegen, als hätten die ganzen SMS ihren Wortvorrat aufgebraucht, als wären sie schockiert darüber, dass sie nebeneinandergingen. Oder als ob sich die Nähe gut anfühlte.

Schließlich holte sie Luft.

»Wie heißt du eigentlich wirklich? Jack ist ja wohl nicht dein richtiger Name, oder?«

»Nein.« Er lachte. »Das ist nur mein Spitzname.«

»Aber du nennst dich Jack. Ungewöhnlich, wenn du mich fragst.«

»Na ja, als ich noch klein war, hat mein Vater immer mit mir Körbe geworfen. Und weil ich so gut getroffen habe, hat er mir den Spitznamen Jack gegeben und behauptet, das würde später in der NBA cooler klingen.« Er seufzte. »Der Name ist hängen geblieben und jetzt werde ich ihn wohl nie mehr los.«

»Das glaube ich auch«, sagte Josie.

Josie

JACOB.

Josie wiederholte den Namen im Stillen, während er redete. Sie hatte schon begriffen, wie großartig es war, dass er gerade neben ihr herging und von sich selbst erzählte, an diesem eiskalten Abend. Aber etwas an Jack löste in Josie ein heftiges Kribbeln aus. Mehrere Sachen eigentlich. Sie hätte ihn gerne berührt. Diesen Impuls musste sie unterdrücken, das wusste sie. Stattdessen dachte sie an seine Arroganz. Das Jantegesetz, also dass man sich nicht einbilden soll, man sei jemand Besonderes und besser als alle anderen, hatte in Josies Welt keine Gültigkeit. Da war jeder besser als der andere. Aber dieser Typ, der ihre Welt so verachtete und trotzdem jetzt neben ihr lief – wer war er? Josie hätte ihn gern nach dem türkischen Mädchen gefragt, das Adrian erwähnt hatte. Was war damit?

»So, jetzt weißt du, warum ich Jacob heiße«, sagte Jack und lachte. »Ich meine, jetzt weißt du, warum ich Jack genannt werde.«

»Dann nenne ich dich auch Jack.« Josefine lachte, traute sich aber nicht, ihn anzusehen. »Machst du oft so was wie das hier?«

»Nee«, murmelte er.

»Du redest sogar anders als die meisten Typen, die ich getroffen habe. Langsam wird mir bei dir so einiges klar.«

»Und das wäre?« Jack blieb stehen und drehte sich zu ihr.

Sie standen sich mitten auf dem Bürgersteig gegenüber. Ein warm gekleideter Mann mit blank geputzten Schuhen und ordentlich gekämmten Haaren rannte direkt in sie hinein und fluchte.

»Blödmann«, sagten Josie und Jack wie aus einem Mund. Sie blickten sich an. Jack sah vermutlich nur ein Mädchen mit rosa Mütze. Seine Augen lachten, aber sein Körper wirkte so, als sei er jederzeit bereit zu kämpfen. Das musste Jacks Gegnern auf dem Spielfeld eine Mordsangst einjagen.

Josefine zählte innerlich bis drei und schaute auf Jacks Jackentaschen. Sie holte tief Luft und zog seine linke Hand heraus.

»Was machst du?«

»Ich möchte nur deine Hand halten.«

Jack nahm auch die rechte Hand aus der Tasche und griff nach Josies anderer Hand. Da standen sie nun.

»Wo waren wir?«, fragte Josie.

»Springst du immer zwischen tausend Themen hin und her?«, fragte Jack.

»Ich habe das Gefühl, als würde ich dich schon ewig kennen«, erwiderte Josie.

Eine Gruppe angesäuselter Mädchen, eine von ihnen in

einem Playboy-Bunny-Kostüm, drängte sich schubsend an ihnen vorbei. Jack und Josie wurden aneinandergedrückt. Es war fast wie eine Umarmung.

Vielleicht dauerte der Moment tausend Jahre, vielleicht entschied sich alles in einer hundertstel Sekunde.

Plötzlich ging ein älteres Ehepaar mit einem Bullterrier an der Leine an ihnen vorbei. »Schau mal da!«, rief Josie, die auf die Straße ausgewichen war. »Mit so einem Hund gehe ich oft spazieren, sie heißt Bella. Schrecklich irreführender Name, denn Bella ist wirklich potthässlich. Aber trotzdem, Bullterrier gehen stur dahin, wo sie wollen, alle anderen haben gefälligst Platz zu machen.«

Lachend sah Jack dem Hund hinterher. »Erzähl mir mehr von dir. Was geht sonst noch in deinem Kopf vor?«

»Du willst wissen, was ich denke?«

Jack nickte als Antwort.

»Okay. Also, zuerst mal, der Kerl, der uns vorhin angerempelt hat. Ich wette, der ist Finanzmanager und an der Börse sind die Kurse abgestürzt oder so was. Aber wenn er die Augen aufgemacht und gesehen hätte, wie fröhlich wir sind, hätte er vielleicht auch bessere Laune gekriegt. Lachen ist ja bekanntlich ansteckend.«

Josie verstummte, atmete, stampfte ein wenig mit den Füßen. Jack sah auf ihre dünnen Stoffschuhe, sagte aber nichts.

»Gut, zurück zu dir, Jack. Du tust nur, was du wirklich willst, oder? Auch wenn es verdammt anstrengend ist. Deshalb bist du manchmal so mies drauf, stimmt's?«

Letzteres sagte sie mit einem Lächeln, aber von einer Sekunde auf die andere wurde Jacks Gesichtsausdruck ernst.

Josie starrte wütend zurück. Mochte Jack keine Mädchen, die etwas mehr über ihn wissen wollten, die etwas hinterfragten? War das sein Problem? Oder wollte er lieber Bräute, die weniger redeten, dafür aber leicht zu haben waren? Nicht zu fein, nicht zu schlau? Die Gedanken in Josies Kopf begannen sich zu drehen, und das war verdammt noch mal seine Schuld! Wenn er nicht bald mal was sagte, würde sie sich auf dem Absatz umdrehen und gehen.

»Wo hast du das nur alles her?«, zischte er genau in dem Moment, als sie abhauen wollte. »Und redest du immer so viel, wie du textest?«

»Fast immer.« Josie zuckte die Schultern und beruhigte sich innerlich. »Aber du hast meine Frage nicht beantwortet. Liege ich völlig falsch?«

»Komm, wir gehen.« Jack marschierte los Richtung Stureplan, ohne darauf zu achten, ob Josefine ihm folgte.

Sie sah ihm nach, bis sie sich schließlich auch in Bewegung setzte. In diese Richtung musste sie ohnehin, um nach Hause zu kommen. Wenn Jack jetzt von einem Bus überfahren würde, wäre alles vorbei. Und dann? Vielleicht bluffte er aber auch nur und wollte, dass sie bei ihm blieb. Ganz egal, so einfach wollte sie nicht aufgeben.

»Wohin gehen wir?«, fragte sie, als sie ihn eingeholt hatte. »Du hattest einen Plan.«

»Jetzt nicht mehr.« Jack vergrub die Hände in seinen Jeanstaschen.

»Hast du doch«, sagte Josie. »Wovor hast du eigentlich Angst?«

Jack blieb abrupt stehen. Josefine hielt ein paar Meter von

ihm entfernt an. Sie waren unter dem Pilz am Stureplan gelandet.

»Weißt du, dass du was Seltenes hast?«, fragte sie.

»Nee.« Jacks Schultern senkten sich einige Millimeter.

»Du hast irgendwie einen eigenen Luftraum um dich herum«, sagte Josefine und blies sich in die Hände. Die Handschuhe halfen fast überhaupt nichts und sie sehnte sich ins Warme.

»Hat das nicht jeder?«, fragte Jack.

»Doch, natürlich. Aber du signalisierst das ganz deutlich, so als wolltest du dich schützen. Wie in einer Seifenblase, die platzen könnte. Das machen nicht alle.«

Jack sah sie skeptisch an.

»Wollen wir ins 7-Eleven?«, fragte Josie. »Ich bin jetzt schon ein Eisklumpen. Wir können ja einen Tee trinken.«

Sie lächelte. Das nette Lächeln.

»Okay.«

Sie überquerten den Platz. Im Sturehof, einem der trendigsten und teuersten Restaurants Stockholms, war es brechend voll, die Leute standen trotz der Kälte draußen und rauchten. Im 7-Eleven lud Josie sich tausend Sachen aufs Tablett, während Jack nur eine Cola nahm. Nach einigem Zureden entschied er sich noch für einen Muffin, und ehe er sichs versah, hatte Josie den Typen hinterm Tresen dazu gebracht, mit ihr zu flirten, und außerdem alles bezahlt.

»Das war nicht nötig«, sagte Jack. »Ich kann für mich selbst bezahlen.«

Josie sah ihn verständnislos an. »Wieso? Das ist doch keine große Sache. Dann zahlst du eben nächstes Mal.«

»Und du bist natürlich sicher, dass es ein nächstes Mal geben wird«, erwiderte Jack genervt.

»Also, entschuldige mal.« Josie merkte, wie Wut in ihr aufflammte. »Das bin ich natürlich nicht, aber du brauchst nicht ständig gleich sauer zu werden. Mit dir zusammen zu sein, ist, als würde man auf Stacheldraht seiltanzen.«

Die Typen hinterm Tresen, die sie anscheinend belauscht hatten, klatschten spontan Beifall. Josie dachte an Adrian, wie viel entspannter der gewirkt hatte. Er hätte sich über diesen Kommentar bestimmt kaputtgelacht.

»Ich hau ab«, entschied Jack plötzlich. »Ich passe hier sowieso nicht hin.«

Josie war sprachlos. Was war nur mit diesem Kerl los? Sie wollte ihn verstehen und versuchte, sich mit seinen Augen umzusehen. Die gestylten Typen, die hier arbeiteten, kamen vermutlich aus den Vororten und hegten großartige Träume von Glamour, Glitzer und Champagner, und die Kunden sahen alle aus, als glaubten sie fest an »fake it til you make it«. Alles nur Show.

»Ach, das ist es also.« Josefine stellte sich ganz dicht vor Jack und sah hinauf in sein Gesicht. »Und was macht dich so bombensicher, dass *ich* hierherpasse?«

Schweigen. Draußen begann das Nachtleben. Partystimmung, die Leute kamen langsam runter. Josefine sah hinaus auf die Straße. Sie liebte Weihnachten, liebte die Dunkelheit, liebte das Glitzern, liebte das Leben, sogar dann, wenn sie es am meisten hasste. Und dann tat sie es.

Josefine af Lilja stellte sich auf die Zehenspitzen und küsste Jack.

An das Gefühl würde sie sich immer erinnern. Seine Lippen waren weich, überhaupt nicht angespannt, so als hätte er sich darauf vorbereitet. Trocken, warm, schön.

»Das war gar nicht so übel«, sagte er, ohne eine Miene zu verziehen. »Aber ich gehe jetzt, ist besser so. Das verstehst du, oder?«

Josefine blickte Jack hinterher. Die Typen hinterm Tresen beachteten sie nicht länger, keiner wollte einen Verlierer trösten. Sprachlos stand sie da. Leer. Was sollte sie tun? Nichts? Ihre Mutter anrufen, die bald ihr einjähriges Trennungsjubiläum feierte? Die Frage beantwortete sich von selbst. Ihren Bruder Fredrik anrufen, der jetzt sicher im Teatergrillen an der Bar stand, umringt von seinen gut gelaunten Freunden, die Josie cool fanden, weil sie dauernd ihre Frisur wechselte? Bei denen wäre sie mehr als willkommen, sie müsste es nur schaffen, die Türsteher um den Finger zu wickeln. Aber Fredrik würde sofort merken, dass was nicht stimmte. Trotzdem wollte sie sich kurz bei ihrem Bruder melden und schickte ihm eine schnelle SMS, in der sie ihre Traurigkeit mit Fröhlichkeit kaschierte. Ein bisschen wie ein SOS an die Welt, denn wenn Josefine sich verloren fühlte, konnte es sein, dass sie alles Mögliche anstellte. Ihr Motto lautete stets: Hilf dir selbst, sonst hilft dir niemand. Mit Freunden reden, sich ausheulen, all das half nur für einen Moment. Im selben Augenblick, wenn jemand sagte: »Ähm du, ich muss jetzt los, aber das kommt sicher wieder alles in Ordnung«, und den Telefonhörer auflegte, war Josie wieder genauso einsam wie eh und je. Die Worte der anderen fielen zu Boden und zerschellten an ihrer eigenen Einsamkeit.

Aber ob das alle Leute so empfanden? War es das, was Jack gemeint hatte?

Josefine ging nach draußen und scrollte durch die Kontakte auf ihrem Handy. Mindestens hundert Nummern. Tanten, Patentanten, das ganze Netzwerk aus Erwachsenen, das ihre Mutter so sorgfältig für sie geknüpft hatte. »Du sollst immer jemanden haben, mit dem du reden kannst, auch wenn ich nicht da bin.« Das nützte ihr jetzt gerade verdammt wenig.

Sie ging los. Die Bäume waren dick verschneit, zum Sterben schön. Der Schnee knirschte unter ihren Schuhsohlen. Ihre Füße waren fast gefühllos vor Kälte – als sie mit Jack zusammen gewesen war, hatte sie davon nichts gemerkt. Die Wärme des Gelächters war bis hinunter in die Füße und wieder zurückgeflossen und als Hicksen aus ihrer Kehle gekommen. Und das Beste – nein, vielleicht nicht das Beste, aber eins der tausend guten Dinge an Jack – war, dass er so ausgesehen hatte, als würde ihm ihr Lachen gefallen. Nicht nur, dass ihm gefiel, dass sie lachte, sondern er hatte ihr Gegurgel, Gekicher, das Geräusch als solches gut gefunden. Josefine holte tief Luft, blieb vor einem Schaufenster stehen und sprach es laut aus: »Als würde er mich mögen.«

Während Josie am Dramaten vorbei den Strandvägskaj entlangging, arbeitete es in ihrem Kopf. Das Gehirn funktionierte wie Freispiele beim Flippern, es hörte überhaupt nicht mehr auf.

Josefine marschierte den Kai entlang. Wie ferngesteuert. Sie überlegte, ob sie durch die Styrmansgatan nach Hause gehen sollte, um sich wärmere Schuhe anzuziehen, aber sie wusste, dass der Abend dann gelaufen war. Wenn sie erst mal in der

Wohnung stand, würde die Sinnlosigkeit sie lähmen. Sie würde vor der Glotze landen, die Schuhe halb ausgezogen, und wie besessen eine Tüte Chips in sich reinstopfen. Das wollte sie nicht. Sie wollte am Djurgårdskanal entlanggehen, dem schönsten in ganz Stockholm, und dann quer über die große Wiese von Gärdet laufen und den Hunden zusehen, wie sie im Schnee tobten. Wollte sich auf den Boden werfen und einen Schnee-Engel machen, obwohl sie nichts mehr hasste als nasse Klamotten. Wollte sich überlegen, wie sie ihn zurückkriegen konnte.

Josefine stand am Gärdet-Monument und fühlte sich schon besser. Sie schaute auf die Uhr, wusste nicht mehr, wann er gegangen war, aber ungefähr, wie lange ihre Runde durch Djurgården gedauert hatte. Es war nicht zu spät, noch nicht. Sie angelte ihr Handy aus der Tasche und hoffte, dass es nicht den Kältetod gestorben war. Mit zitternden Fingern klickte sie die eingegangenen Nachrichten auf, fand Jacks Nummer und rief an.

»Hi.« Die kleine Josie mit der großen Klappe. »Du darfst nicht verschwinden, noch nicht. Willst du zu mir nach Hause kommen?«

Am anderen Ende blieb es still. *Shit, shit, shit*, fluchte Josie in ihrem dummen Schädel. Aber was hatte sie für eine Wahl?

»Zu dir nach Hause?«, fragte Jack, als wollte er Zeit gewinnen. »Warum?«

»Gute Frage«, erwiderte Josie lachend und hätte sich beinahe vor Erleichterung in die Hose gepinkelt. »Darum.«

»Aber …« Mehr brauchte Jack nicht zu sagen. Josie hörte die ganze Frage aus der Stille heraus.

»Kein Aber«, sagte Josie schnell. »Einfach, weil es draußen saukalt ist und ich mich wahrscheinlich ein Leben lang schwarzärgern würde, wenn ich dich nicht wenigstens gefragt hätte.«

»Mich gefragt hättest?« Josie hörte, dass Jack lächelte. »Und wie wäre es mit einem Bitte?«

»Mann!«, rief Josie aus. »Ich bitte dich! Lieber Jack-Jacob, bitte komm zu mir nach Hause. Wir müssen auch nicht knutschen.«

Wieder wurde es still. Alle Radio- und Fernsehwellen oder was es nun war, was zwischen Kaknästornet und dem Rest der Welt hin und her schwappte, schienen Josies Gehirn zu streifen. Daran abzuprallen. Sie wusste nicht, was sie sagen sollte.

»Nicht?«, sagte er schließlich und fing an zu lachen.

Josie atmete auf. Und tatsächlich, sie konnte gut aufs Knutschen verzichten, Hauptsache, er kam einfach zurück und es standen keine Mammuthindernisse, tiefen Wallgräben und Festungsmauern im Weg.

»Grevgatan 54« war alles, was sie zu sagen wagte. »Ich warte vor der Haustür auf dich.«

Er konnte noch nicht weit weg sein, sonst würde er nicht zurückkommen.

Josie nahm den Mittelstreifen auf dem Valhallavägen und lief los. Am Fältan links rein in den Värtavägen, über den Karlaplan, wo der Weihnachtsbaum einsam und Furcht einflößend thronte. Sie kicherte darüber, dass Östermalm der perfekte Ort für einen Horrorfilm war, um diese Tageszeit stiller und kälter als ein Grab. Alles Fassade, hinter den schweren

Eichentüren und den Treppenhäusern verbarg sich nämlich jede Menge Scheiße, genau wie überall in der Welt. Trotzdem liebte sie dieses Viertel.

Sie lief durch Schneeflocken, die so dick wie Zuckerwatte waren, und wollte gerade die Abkürzung durch die Karlavägsallén nehmen, als sich eine eiskalte Hand um ihr Herz schloss. Wohin war sie eigentlich unterwegs? Was würde passieren? Plötzlich wollte Josie überhaupt nichts mehr von Jack, nicht bevor sie wusste, was *er* wollte. Er schien eine Mordsangst vor irgendwas zu haben, oder was heißt Angst, er schleppte irgendeinen alten Scheiß mit sich herum. Vielleicht war es dieses türkische Mädchen, das ihm durch den Kopf spukte?

Die normale Josie, die heute Abend im 7-Eleven ihren Standardtrick mit dem Kuss auf den Mund durchgezogen hatte, hätte nicht gezögert. Sie wäre weiter nach Hause gerannt, hin zu dem mürrischen Typen, der jetzt wahrscheinlich mit tief in den Taschen vergrabenen Fäusten dastand und fluchte. Sie hätte ihn einfach gefragt.

Josie musste laut lachen, als sie Jack in Gedanken vor sich sah, nicht gerade mit offenen Armen. Vielleicht sollte sie einfach einen großen Bogen um die Grevgatan machen und *nicht* die sein, die all seine eingesperrten Gefühle mit der Pinzette herauszog. *Du wirst dich nicht auf ihn einlassen, das wäre verdammt noch mal keine Lösung*, schwor sie sich wütend. Es würde nichts an seinen Problemen ändern, sondern nur neue schaffen, und das auch für sie. *Nein, Josie, nein.*

Jack

Sekundenlang starrte er auf das Telefon in seiner Hand.

Was für ein verrücktes Gespräch.

Schließlich sah er sich um. Er war im Humlegården-Park unter den verschneiten Bäumen am Basketballplatz, fast oben an der Engelbrektsgatan.

Im 7-Eleven, an diesem Abend und ein halbes Leben früher, hatte die goldgelockte Josie sich plötzlich auf die Zehenspitzen gestellt und ihn geküsst. Weiche, volle Lippen, die alles in ihm durcheinanderbrachten, ihre Wärme, ihr Duft so nah. Als Erstes war ihm durch den Kopf geschossen, wie einfach es sein und wie schnell es gehen konnte – für den, der sich traute.

Aber er passte wirklich nicht dorthin. Nicht zu ihr und nicht zu den grinsenden Typen hinterm Tresen.

Also war er gegangen. Geflohen. Er wollte mit der U-Bahn nach Hause fahren, hatte aber eingesehen, dass er nicht würde still sitzen können, bei allem, was ihm durch den Kopf ging.

Er war durch einen anderen Ausgang wieder nach oben gegangen und im Humlegården gelandet. Vielleicht, weil ihm die Ruhe im Park gefiel – die kalte Stille, in der man am besten nachdenken konnte. Tatsache war, dass er die Einsamkeit mochte, er war gern allein. Dann ging es ihm gut. Wenn Leute was von ihm wollten, wurde es immer nur stressig.

Aber trotz allem, er konnte sich gut vorstellen, mehr mit dieser Josie zu reden. Nicht knutschen. Reden. Die Frage war, was *sie* vorhatte.

Und wie er die Grevgatan finden sollte.

Er zog sein Handy hervor und googelte die Adresse. Es war nur ein kurzer Weg, quer durch den Humlegården und dann die Linnégatan hinunter. Ein Stück weiter auf der linken Seite war schon die Hausnummer 54.

Er vergrub die Hände in den Jackentaschen und marschierte los. Ob er ihr was mitbringen sollte? Keine Blumen oder Pralinen, aber vielleicht … ein Stück Stacheldraht? Er lächelte. Ob die ganze Familie da war? Mama, Papa, Schwestern, Brüder und … Nein, vermutlich nicht. Sie wirkte wie ein Mädchen, das genügend Geld und Freiheiten bekam. Er konnte sich sogar vorstellen, dass sie eine eigene Wohnung hatte. Jemand, wahrscheinlich ihr Vater, kaufte ihr alles, worauf sie mit dem Finger zeigte.

Sie würde explodieren, wenn er ihr das sagte, und beinahe freute er sich auf den Knall.

Er überquerte die Sturegatan und bog in die Linnégatan ein. Es waren immer noch Autos und Leute unterwegs, als könnte Stockholm so kurz vor Heiligabend nicht zur Ruhe kommen, aber hier auf Östermalm wirkte alles etwas gelassener.

Ganz im Gegensatz zu Josie. Sie war Emotion pur. Überall, andauernd. Das war ungewohnt, und für einen Moment fragte er sich, ob sie vielleicht recht hatte, ob er derjenige von ihnen war, der verwöhnter war. Der beherrschter war.

Er versuchte, nicht daran zu denken, was ihn in der Grevgatan 54 erwartete, keine unmöglichen Pläne für alle coolen Sachen zu entwerfen, die er sagen und tun würde. Er musste es drauf ankommen lassen.

Er war abgehauen, aber sie hatte angerufen und ihn gebeten zurückzukommen. Fast gebettelt. Er hätte das nie getan. Wenn ihn jemand stehen ließ und abhaute – nur zu, Reisende soll man nicht aufhalten. Flehen und betteln war nicht sein Ding.

Aber er war geschmeichelt gewesen, und es hatte ihm imponiert, dass sie angerufen hatte. Das hieß ja, dass sie ihn wirklich kennenlernen wollte – so einfach konnte es sein und so schnell konnte es gehen. Sie hatte sich getraut, er fühlte sich geschmeichelt und jetzt war er unterwegs. Er wusste nur nicht, was ihn erwartete. Was hatte sie vor?

Er hatte schon Ausraster erlebt, wenn er Nein zu Mädchen sagte, die mehr von ihm gewollt hatten, als er zu geben bereit war. Von Typen wurde immer erwartet, dass sie jede Gelegenheit nutzten, auch Typen, die eine Freundin hatten. Wenn es um Sex ging, hatten die Mädchen die Oberhand. Ein Junge, der dankend ablehnte, war eine Beleidigung.

Wieder eine Kreuzung. Nachdem er sich umgesehen hatte, entdeckte er ein Straßenschild an der ziegelroten Hausfassade zur Linken. Grevgatan.

Aus dem Augenwinkel sah er eine Bewegung, ein Arm

winkte weiter hinten in der Straße. Sein Blick wurde auf ein blondes, strahlendes Mädchen gelenkt, und er bemerkte, dass seine Schritte auf dem verschneiten Bürgersteig schneller wurden. Er freute sich, dass sie sich freute. Sie hatte angerufen und er war gekommen, und das bedeutete etwas. Alles bedeutete etwas.

Ihr Lächeln wurde strahlender, er breitete die Arme aus und sie fielen sich in die Arme wie ein Liebespaar in einem kitschigen uralten Film.

Er umarmte sie und sie umarmte ihn und das Gefühl von ihrem Körper an seinem setzte etwas in Bewegung. Eine lodernde Hitze flammte an einer Stelle in ihm auf, die tot gewesen war seit … Er hielt sie mit zitternden Händen, sie atmete an seinem Hals, er wandte ihr das Gesicht zu und plötzlich trafen sich ihre Lippen.

Lippen, die nicht genug kriegen konnten, während ihre Hände immer fester zugriffen, durch dicke Winterkleidung immer näher zu kommen versuchten.

Sie schmeckte warm und süß und ein klein wenig säuerlich, wie wilde Himbeeren, und das Gefühl, ihre Lippen zu spüren, ihre Hände und ihren Eifer, wühlte in seiner Brust. Er wollte das hier, er brauchte es sogar. Und es gab nichts, was ihn hinderte. Die Erkenntnis schrillte in ihm wie ein Wecker. Er konnte tun und lassen, was er wollte und mit wem er wollte.

Aber vielleicht nicht auf einem verschneiten Bürgersteig in einer Winternacht auf Östermalm …

Er zwang sich, sich von ihren Lippen zu lösen. Die Arme immer noch um sie geschlungen, atmete er durch und sah sich um. »Wohin gehen wir?«

Sie lehnte sich zurück, sodass sie sich in die Augen sehen konnten. Grüne Augen und große, dunkle Pupillen. Er kämpfte gegen den Impuls, sie wieder zu küssen, und merkte, wie sie nach Luft schnappte.

»Hi, Jack«, flüsterte sie. »Oder wer immer du bist.«

»Sorry.« Er grinste schief.

»Kein Problem«, flüsterte sie und sah ihn immer noch an, derselbe Blick und dieselben Augen, dasselbe Erstaunen, dieselbe Hitze, dasselbe … »Ich war nur so überrascht. Wir haben uns doch eigentlich nur gestritten.«

»Ich weiß.« Er strich ihr eine blonde Locke aus dem Gesicht und merkte, wie sich etwas veränderte. Es überlief ihn heiß, als ihm klar wurde, dass die Geste viel intimer war und er ihr viel nähergekommen war als beim Kuss.

»Man kann sich ja auf verschiedene Art streiten«, fuhr er fort. »Man kann sich Gemeinheiten an den Kopf werfen und dann wütend davonrennen. Oder man sieht es als Kräftemessen, um zu zeigen, wie gut man ist.«

»Und was ist das hier?«

»Das hier?« Er blickte auf seine Arme, die sie umschlungen hielten. »Das hier bedeutet, dass ich gewonnen habe.«

Sie schnitt eine kleine Grimasse. »Oder dass ich dich in dem Glauben lasse. Aber warum warst du die ganze Zeit so sauer?«

»Ich war sauer, weil …«, er tat, als würde er nachdenken, »… weil ich dich in Wirklichkeit mag.« Er hielt sie immer noch fest im Arm, sodass sie sich nicht befreien konnte. »Und ich bin zurückgekommen, weil ich dich besiegen will. Ich will bleiben und zusehen, wie du begreifst, dass du verloren hast.«

»Hört sich an, als würden wir nie mehr auseinandergehen.«

Bei den Worten lächelte sie.

»Aber das werden wir«, sagte er. »Bald.«

Er musste sich an keine Uhrzeit halten, brauchte auf niemanden Rücksicht zu nehmen, aber in ein paar Tagen musste er nach Spanien und sie nach Los Angeles. Er unterdrückte den Impuls, auf die Uhr zu schauen.

»Nicht, Jack.« Sie legte die Arme fester um ihn. »Wir sind jetzt hier. Nur hier.«

Er verstand, was sie meinte, und es war befreiend, hier bei ihr zu bleiben, ohne an die Zukunft zu denken.

»Aber es wäre vielleicht besser, wenn wir nicht gerade hier wären«, sagte er und fröstelte. »Hier draußen.«

Sie lachte. »Erst musst du mir erzählen, was passiert ist.«

»Sonst?« Aber ihm war klar, dass dies jetzt nicht der passende Zeitpunkt für Streit war. »Ich bin glücklich. Du hast mich glücklich gemacht. Und es ist lange her, dass ich auf diese Art glücklich war.«

Sie nickte und machte sich vorsichtig frei.

»Komm.«

Der altertümliche vergitterte Aufzug schrammelte wie eine Metalldose voller rostiger Nägel. Sie standen sich stumm gegenüber.

Zu stumm.

Josie schmiegte sich an ihn und tastete mit warmer Hand über seinen Rücken. Er sah sie an, den Blick nach innen und die Aufmerksamkeit auf die Hand in seinem Rücken gerichtet.

»Nichts.« Sie richtete sich auf, schaute ins dunkle Treppenhaus vor dem Aufzugsschacht und wartete.

»Was ist?« Er schüttelte den Kopf.

»Ich habe nach dem Knopf gesucht«, murmelte sie und sah ihn immer noch nicht an.

»Knopf?«

»Mit dem man dich einschaltet. Vorhin auf der Straße muss er gedrückt gewesen sein, aber jetzt ist er herausgesprungen. Wäre cool, wenn man ihn wieder runterdrücken könnte.«

Der Aufzug ruckelte und hielt an. Hoch oben im Haus. Josie zog die Scherengittertür auf und stieg aus.

»Willst du immer noch mitkommen?«

»Ja, klar.« Er lachte und folgte ihr. »Aber eigentlich hättest du lieber Adrian mitnehmen sollen. Sein Knopf ist immer gedrückt.«

»Ich weiß. Er sagt bestimmt nie Nein.« Sie holte ihren Schlüsselbund heraus und wandte sich zu einer breiten Tür um. »Kann für eine Weile ganz nett sein.«

Jack trat näher und sog ihren Duft ein. Ihm wurde fast schwindelig. Er fühlte sich, als würde er an einem Abgrund stehen. »Du meinst, du findest es gut, dass ich manchmal abweisend bin?«

Sie ließ den Schlüssel im Schloss stecken und drehte sich um. Ihre Pupillen weiteten sich ein bisschen, als sie bemerkte, wie dicht er bei ihr stand. Aber sie wich nicht zurück.

»Eher anstrengend«, sagte sie lächelnd. »Nein, total nervig.«

»Ich bin das hier nicht gewohnt«, stieß er hervor. »Diese Freiheit. Normalerweise sind meine Tage voll verplant, ich bin echt noch nie einfach so mit einem Mädchen mitgegangen.«

Sie sah ihn an, als überlegte sie, ob er das ernst meinte.

»Klingt anstrengend, Profisportler zu sein. Aber ich freue mich, dass ich deine Erste bin.« Sie lachte, schloss auf und machte Licht in einer kleinen Diele. An der Garderobe hingen reihenweise Designerjacken und darunter standen ein Dutzend Männerschuhe, doch in der Wohnung war es vollkommen still. Josie blieb stehen und schien nachzudenken.

Langsam drehte sie sich um – eine kleine Falte zwischen den Brauen und Augen, die direkt in ihn hineinschauten.

»Du bist es nicht gewohnt, Single zu sein, oder? Du hattest immer eine Freundin, deshalb hast du dich nie für andere Mädchen interessiert. Wer ist diese Türkin, von der Adrian geredet hat? Die dich nicht mehr will?«

Jack hielt inne. Für einen Moment war er drauf und dran, ihr alles zu erzählen. Doch dann schluckte er seine Worte hinunter und versuchte einen anderen Weg.

»Adrian hat mir deine Nummer geschickt, und als Letztes hat er noch geschrieben, dass ich kein Wort über sie sagen soll. Keiner hört sich gerne das Gejammer über eine Verflossene an.«

»Normalerweise hätte er damit auch recht. Aber in diesem Fall nicht. Es interessiert mich, Jack.«

»Sicher?« Er zog die Augenbrauen hoch.

Er hatte mit niemandem über das geredet, was passiert war. Hatte nur gegenüber den Kumpels ein paar Worte verloren und sie hatten ihm auf die Schulter geklopft. Jungs stocherten in so was nicht herum, wenn es nicht sein musste. Er hatte die Zähne zusammengebissen und weitergemacht, hatte seine Tage mit Basketball und Schule vollgestopft. Aber jetzt auf einmal wollte er darüber reden. Vielleicht, weil er das Gefühl hatte, dass sie zuhören würde.

»Ja, ich will es wissen«, sagte sie. »Anscheinend ist es wichtig für dich.«

»Und was, wenn ich anfange zu heulen?«

»Dann muss ich dich wohl trösten.« Sie lächelte. »Ich kann gut zuhören, aber trösten kann ich noch besser.«

Aus irgendeinem Grund glaubte er ihr. Sie ging weiter in den Flur, zog ihre Jacke aus und rief in die dunkle Wohnung hinein. »Hallo? Fredrik?« Sie warf Jack einen schnellen Blick zu. »Mein nichtsnutziger Bruder. Es ist seine Wohnung, aber wenn ich in Stockholm bin, wohne ich hier. Er scheint nicht da zu sein. Fredrik, ich bin zu Hause!«

Auch dieses Mal keine Antwort. Offenbar waren sie allein.

Er machte die Tür hinter sich zu. Hörte kaum, wie sie ins Schloss fiel. Er legte die Kette vor und merkte, dass er den Atem anhielt. Die Stille um sie herum war so vollkommen, als hätten sie einen eigenen Raum in der Zeit gefunden. Es fiel ihm nur so schwer, sich zu bewegen, zu denken, etwas zu finden, was er sagen konnte.

»Josie …« Seine Stimme klang krächzend, geradezu lächerlich.

Sie hängte ihre Jacke auf und drehte sich langsam zu ihm um.

»Ja …?«

Er sah ihr an, dass sie auch kämpfte. Der Blick starr, alle Freude wie weggeblasen und die Bewegungen viel zu beherrscht, so als würde sie sich zwingen, gleichgültig zu wirken, sich zwingen, nicht zu …

Und in diesem Moment veränderte sich alles.

Sie flogen in der kleinen Diele aufeinander zu wie magnetisiert. Die Leidenschaft überraschte ihn, ließ die Welt vor seinen Augen flimmern. Wie draußen auf der Straße. Plötzlich waren ihre Hände unter seiner Jacke, unter seinem T-Shirt, auf seinem nackten Rücken. Sie presste sich an ihn und er atmete schwer, keuchte fast.

Sie fühlte sich winzig unter seinen Händen an, ein warmes, weiches Spielzeug. Ein Spielzeug, das alle Gedanken verbannen und ihn in den Wahnsinn treiben konnte.

Sie zerrte an seinem Pullover. Hektisch zog er seine Jacke aus und warf sie achtlos auf den Boden. Pulli und T-Shirt folgten und auch Josies Pullover landete auf demselben Haufen. Ein leises Kichern, der Hauch eines Zögerns, und ihre Blicke trafen sich. Ihre grünen Augen waren fast pechschwarz geworden. Sie brannten sich in ihn hinein.

Er zog sie wieder an sich, und es prickelte überall dort, wo ihre nackte Haut ihn berührte. Er spürte ihre Brustwarzen durch den BH. Ein Schauer überlief ihn und er hob sie auf seine Hüften. Sie wog nichts, und ihr warmer Körper, der sich an seinen schmiegte, war berauschend.

Vorsichtig, fast unsicher spreizte sie die Beine und rutschte ein Stück hinunter, bis ihr Schritt über seinen Hosenbund rieb. Er unterdrückte ein Stöhnen und drehte den Kopf zur Seite. Er musste sich zusammenreißen, um nicht jetzt schon zu kommen. Es war so lange her und sein Körper war extrem empfindsam. Sie zog sein Gesicht zu sich. Es war ihnen egal, dass ihre Zähne zusammenstießen – alles war egal, während sie weiter zerrten und streichelten und einander erforschten.

Einige Augenblicke später schob Josie schob eine Hand zwischen ihre Körper. Sie zerrte an der Gürtelschnalle. Knöpfte ihre Jeans auf, danach seine. Er hielt sie immer noch fest und konnte nicht helfen. Aber ihm war klar, was gleich passieren würde.

Plötzlich hielt sie inne. Sagte nichts, sah ihn nur an. Dann presste sie ihre Lippen auf seine, glitt mit der Zunge in seinen Mund, zeigte ihm, was möglich war. Wenn er wollte.

Sie wollte ihn – und er wollte sie. Vorsichtig setzte er sie ab und schälte sich aus der Jeans und allem, was im Weg war. Er beobachtete, wie sie ebenfalls alles auszog, genauso schnell wie er. Dann war sie zurück in seinen Armen. Eng an seinem Körper und hoch oben, fast über ihm. Ihre Brüste drückten sich an sein Schlüsselbein und er spürte die Hitze in ihrem Schritt unterhalb seines Bauchnabels. Auf dem Weg nach unten. Ihr nackter Hintern in seinen Händen. Bilder von dem, was gleich passieren würde, wummerten wie Hammerschläge durch seinen Körper.

Die feuchte Wärme auf seiner Haut brachte die Welt zum Schwanken. Mit einer Hand griff sie in seinen Schritt und die Kühle ihrer Finger lenkte alles Bewusstsein dorthin. Sie setzte sich zurecht, flüsterte an seinem Hals: »Jetzt, glaube ich …«

Ihre Worte brannten auf seiner Haut. Langsam und Stück für Stück ließ er sie herunter und spürte, wie der Druck zunahm. Sie krallte sich in seinen Rücken und wand sich ein wenig, und dann glitt er in sie hinein.

Sie stöhnte auf und hielt inne. Er wollte sich schon zurückziehen, doch sofort packte sie seine Hüften und drückte ihn tiefer in sich hinein.

»Josie … Verdammt … Kondome?«

Sie sah ihm einen Augenblick lang fest in die Augen und lächelte. »Alles okay, Jack, ich nehme die Pille. Und ich vertraue dir.«

Sie drehte den Kopf zur Seite, atmete gegen seinen Hals und er schloss die Augen. Zog sie an sich. Fester, immer fester an sich.

Dann ging es nicht mehr weiter, er war in ihr, ganz und gar. Sie rieb sich langsam an ihm, als wollte sie, dass er noch tiefer, noch näher kam. Er keuchte und spürte, dass er gleich kommen würde. Aber er konnte nicht aufhören. Er konnte nicht einmal aufhören zu stöhnen.

Sie bewegte sich auf ihm und küsste ihn dabei, und ihre nackten Brüste rieben sich an ihm. Bilder von ihnen beiden zuckten vor seinem inneren Auge vorbei, Bilder von ihren nackten Körpern und was sie miteinander taten, ihre Beine um seine Hüften, ihre Hände auf seinem Rücken, ihre Nägel in seiner Haut. Das Keuchen und die Bewegungen, das Gefühl, einem anderen Menschen so unendlich nah zu sein.

Josie

Sie hatte nicht gewusst, dass es das hier war, was sie wollte. Dass es so fantastisch sein konnte. Josie hatte es schon öfter getan, sie mochte Sex, aber noch nie hatte sie ein solches Verlangen verspürt wie jetzt. Eine irrsinnige Lust, sie wollte am liebsten unter Jacks Haut. Zuerst war sie sogar ein bisschen verlegen gewesen, als sie es in seinen Augen gelesen hatte – obwohl sie dasselbe wollte. Mit ihm zusammen sein! Denn wenn der zurückhaltende Jack es wagte, konnte sie es wohl auch. Aber trotzdem, es war anders als sonst, es war, als ob die anderen Male, die anderen Jungs überhaupt nicht mehr zählten. Denn Jack bedeutete ihr etwas. Diese Erkenntnis hatte sie wie ein Schlag ins Gesicht getroffen, genau in dem Moment, als er sie auf seine Hüften gehoben hatte. Sie hätte fast einen Rückzieher gemacht, solche Angst hatte sie vor diesen Gefühlen. So etwas wie Gefühle waren in Josies Welt beinahe verboten.

Aber als sie an ihm hinuntergeglitten und er in sie eingedrungen war, verschwanden alle Zweifel. Oder alle Vernunft, so genau wusste Josie das nicht mehr. Alles war Körper, Nervenfasern, die an die Hautoberfläche gekrochen waren. Sie wollte mit ihm zusammen sein, nichts dazwischen.

Er hielt sie so unglaublich fest, wie noch niemand sonst auf der ganzen Welt sie gehalten hatte. Nicht nur, dass er sie hielt, weil er es wollte und es offenbar ziemlich erregend fand, sondern er schien sie auch nie wieder loslassen zu wollen. Dennoch war es am Anfang ein bisschen komisch gewesen, so als traute er sich nicht richtig, sie anzufassen. Aber sie hatten sich angesehen, ohne ein überflüssiges Wort zu verlieren, und sie war bei ihm und schließlich hatten sie keine andere Wahl gehabt. Beide hatten verlegen gelacht, vielleicht am meisten über ihre Gier.

Sie stöhnte auf, als er in sie eindrang. Es tat kurz ein bisschen weh, aber sie wollte Jack so unbedingt, dass sie es in Kauf nahm. Und ihr kam es vor, als wüsste er, was sie gern hatte. Er war in ihr, dem einzigen Ort, wo er in diesem Moment sein sollte. Und Jack trug Josie, als würde er sie besitzen, und das tat er auch, sie gehörte ihm ganz und gar.

Josie schlang ihre Beine um Jacks Rücken, drückte ihn noch tiefer in sich hinein. Wie weit konnten sie gemeinsam kommen, bis zum Mond? Sie brauchte beide Hände, um sich festzuhalten, dabei hätte sie so gerne mehr von ihm berührt. Sehnte sich danach. Wollte mit den Fingern über seine Pobacken streicheln, an den Innenseiten seiner Schenkel hinunter. Über die Muskeln an den Oberarmen, über die Schultern. Seine Brust drückte gegen ihre, hart gegen weich. Sie wollte das hier noch mal tun, wollte es jetzt schon. Josie wollte sich hinlegen, ihn anfassen. Aber jetzt war dafür keine Zeit. Jetzt kämpften sie gegen die Schwerkraft, er in ihr, das war …

Josie fühlte, wie die Wärme sich in ihr ausbreitete. Es war wie eine Wolke, die immer größer, runder, dicker wurde. Vertraut, aber nicht selbstverständlich. Manchmal raste die Wärme wie ein Güterzug heran und war ebenso schnell wieder vorbei. Manchmal kam sie überhaupt nicht. Josie legte es nicht darauf an, sie fand es nicht so wichtig. Mit ihm zusammen zu sein war das Einzige, was zählte. Sie drehte ein wenig verlegen das Gesicht von ihm weg, entzog sich dem Kuss. Wenn sie nicht kam, was sollte sie dann tun? Vortäuschen? Aber die Wärme war immer noch da, und Jack blickte ihr direkt in die Augen, als sie sich traute, ihn wieder anzusehen.

In Josies Kopf drehte sich alles, als sie spürte, dass sie jeden Moment kommen würde. Sie hob eine Hand, fuhr sich übers Gesicht. Der Rest von ihr klammerte sich weiter fest. Sie hörte an seinen Atemzügen, dass er auch so weit war. Konnte das sein? So etwas gab es doch nur im Film! Es war egal, ob er danach wieder wegging, jetzt war er hier und das Gefühl überrollte sie. Sie liebte ihn in diesem Moment.

Josie war durstig, hungrig, sie schmeckte Jacks Haut mit ihrer Zunge. Kein Blut mehr in ihrem Kopf, nur noch einen Moment, im selben gleichmäßigen Rhythmus …

JACK

Alles verkrampfte sich. Sein Körper erstarrte und er krümmte den Rücken.

»Verdammt …« Er zog sich hastig aus ihrer klammernden Wärme zurück. Im nächsten Moment kam er.

Er kam und kam, während er darum kämpfte, das Gleichgewicht zu halten, und aus ihrem spitzen Stöhnen eine Art Kichern wurde. Sein Gesicht brannte.

Als es vorbei war, als die Welt zurückkehrte und er wieder denken konnte, standen sie aneinandergelehnt in der kleinen Diele. Er zuckte immer noch unter den abklingenden Wellen, vermischt mit einer grenzenlosen Scham, aber sie hielt ihn weiter umarmt und wollte nicht loslassen.

»Hey«, flüsterte sie vergnüglich. »Ist schon okay, ich habe nicht deswegen gelacht. Aber jetzt mal ehrlich, Jack. Warum hast du dich zurückgezogen? Wenn du dort geblieben wärst, wo du warst, wäre das hier nicht passiert.«

Er sah an ihren Körpern hinunter. Auf ihrem Bauch glänzte

und tropfte es. Am liebsten wäre er weggelaufen, so peinlich war ihm das Ganze, aber ihre Fröhlichkeit und ihre Hände machten es unmöglich.

»Halb so schlimm.« Sie streichelte seine Wange. »Wirklich.«

»Es tut mir so leid, Josie.« Er hörte auf, sich zu sträuben. »Peinlich, normalerweise halte ich länger durch. Echt.«

Er merkte, dass er darüber lächeln konnte. Ihre Umarmung ließ ihn glauben, dass es wirklich nicht so schlimm war. Sie lachte mit ihm, nicht über ihn.

»Ist es schon so lange her?«, fragte sie immer noch vergnügt.

»Was glaubst du, warum ich wohl so schlecht gelaunt war?«

Sie verdrehte die Augen.

»Schlecht gelaunte Typen sind das Unattraktivste, was es gibt.«

»Nein, das Unattraktivste sind verwöhnte Mädchen. Aber Typen, die nach ein paar Sekunden kommen, wie sexy sind die?«

Sie lehnte sich zurück und sah ihm ins Gesicht.

»Kommt drauf an«, antwortete sie. »Musst du jetzt schlafen?«

»Nee, ich bin richtig aufgekratzt. Und ruhig. Aufgekratzt und ruhig.«

»Echt?«

Es klang, als glaubte sie ihm nicht.

»Ja. Und die schlechte Laune ist für die nächsten paar Monate auch vorbei.«

»Jetzt weiß ich, dass du lügst. Nein, sag nichts.« Sie hielt einen Finger hoch. »Weißt du, was du jetzt tun musst?«

Plötzlich wurde er nicht mehr schlau aus ihr. Er schüttelte den Kopf. Gerade eben noch wäre er am liebsten weggelaufen, aber jetzt wollte er bei dem blondgelockten Mädchen namens Josie bleiben. So lange, wie sie ihn haben wollte, so lange, wie es nur ging.

»Du musst mir helfen, das wegzumachen.« Ihre Augen glitzerten. »Und dann musst du mir von dem türkischen Mädchen erzählen.«

Er atmete auf.

Josie

Der Raum kehrte zurück.

Josie sah sich um, versuchte, sich selbst zu finden. Sie lehnte mit dem Rücken an der Wand, gegenüber in der schmalen Diele war der Garderobenspiegel. Jacks Stirn an ihrer. Seine Hände an der Wand hinter ihr. Hätte sie die Augen offen gehabt, hätte sie im Spiegel sehen können, wie sie beide … Ein Kitzeln durchfuhr Josie und erinnerte sie daran, dass da noch was war. Ihr Puls raste noch, davon, dass er in ihr gewesen war. Sie wollte ihn immer noch berühren. Seine Wimpern so nah, sie flatterten ein wenig. Aber er wirkte jetzt ruhig, ihre Hände würden frei herumwandern können, obwohl er sich schämte. Das war eigentlich total süß, das musste sie Sigrid erzählen. Josie unterdrückte ein aufsteigendes Lachen. Das war jetzt nicht der passende Zeitpunkt.

Sie spürte, wie die feuchte Wärme auf ihrer Haut kurz davor war, in Kälte umzuschlagen. Sie wollte nicht duschen. Es roch nach ihm, sie mochte das.

Josie rutschte auf den Fußboden hinunter und sah von unten an ihm hoch. Aus dieser Perspektive wirkte er irgendwie schutzlos, und es war ihr ein bisschen unangenehm, ihn so entblößt zu sehen. Und plötzlich schlug etwas in ihr Alarm. Wenn Jack erkannte, wie verletzlich er war, würde er in null Komma nix verschwinden. Und Josie würde auf dem Fußboden sitzend zurückbleiben, nackt, allein.

Jack sah sie immer noch nicht an und Josie rappelte sich vom Marmorboden auf. Nicht traurig, nur zielstrebig und plötzlich so wahnsinnig nackt.

»Komm«, sagte sie zu Jack und versuchte, ganz natürlich zu klingen.

Er zuckte zusammen, wie lange hatte er so dagestanden?

»Hast du Angst, dass es kleckert?«, fragte er und lachte nervös.

Der Glücksrausch in Josies Bauch, er war immer noch da.

»Nein, jetzt nicht mehr.« Josie machte einen Schritt auf ihn zu, stellte sich auf die Zehenspitzen und gab ihm einen dicken Kuss. Es war leichter, wenn sie ihm so nah war, dass er sie nicht von Kopf bis Fuß sehen konnte. Den ganzen Nachmittag und Abend hatte er sie mit diesem Blick angesehen, der direkt durch sie hindurchging.

»Ich mag dich«, sagte sie und schüttelte den Kopf, »aber was Sauberkeit angeht, bist du eine Niete. Komm jetzt.«

Immer noch nackt. Josie hätte sich gern etwas übergezogen, aber sie wollte nicht, dass Jack dachte, sie wäre verklemmt oder so. Rasch ging sie Richtung Bad. Falls Fredrik nach Hause kam, sollte er sie und Jack nicht auf der Gästetoilette erwischen. Nicht dass ihr Bruder jemals früh nach Hause kam, wenn er nicht gerade krank war oder seine ganzen Freunde auf einen Absacker zu sich eingeladen hatte, aber trotzdem. Wenn sie Jack behalten wollte, auch wenn es nur bis zum Morgen sein sollte, brauchte sie ihn für sich allein.

Sie hörte, wie er seine Klamotten vom Fußboden aufhob. Ob er sie anschaute? Ob ihm gefiel, was er sah? Sie kicherte in sich hinein, er war ganz klar ein Typ, der auf Hintern stand.

»Hey, warte auf mich«, rief Jack ihr nach, als sie verschwand. »Ich verlauf mich ja in diesem Palast.«

Josie drehte sich um.

»Wieso hast du es denn so eilig?«, fragte er und verlor eine Socke. Josie sah ihn an. Alles, was sie am Nachmittag noch so blöd an ihm gefunden hatte, war wie weggeblasen. Rechts Papas italienische Bronzeskulptur eines Geigers, links Fredriks Billardtisch und in der Mitte der nackte Jack, der sich nach seiner Socke bückte.

Josie bewegte sich rückwärts, um ihn nicht aus den Augen zu lassen. »Ich glaube, wir sind noch nicht so weit, nackt und Händchen haltend durchs Haus zu spazieren.« Sie lachte und versuchte zu verbergen, wie peinlich ihr diese Vorstellung im Grunde war.

»Jedenfalls nicht durch dieses Labyrinth. Wie viele Leute wohnen hier, sagtest du? Zwölf, vierzehn?«

»Nein, nur mein Bruder Fredrik, ich und manchmal meine Mutter. Caesar nur, wenn er nicht bei irgendeiner Schlampe ist, aber eigentlich ist er ausgezogen.«

»Caesar, ist das ein Hund? Klingt nach einem Golden Retriever.«

Josie lachte laut auf. Lachte und konnte gar nicht mehr aufhören, während Jack sie verwundert ansah. Sie sank auf dem Fußboden zusammen, hatte immer noch seinen Geruch in der Nase. Sie hatte nichts Vernünftiges mehr gegessen seit … seit wann eigentlich? Alles war ein einziges Durcheinander.

Plötzlich spürte sie Jacks Hand in ihrem Haar. Das war das zweite Mal heute. Er hatte sich nicht mal seine Boxershorts angezogen. Er machte nichts falsch.

»Wer ist Caesar?«, fragte er mit gespielter Schärfe.

Josie stand auf und stellte sich dicht vor ihn. »Das ist dein Trick, was?«, sagte sie. »Du bringst einen so zum Lachen, dass man es im Herzen spürt.«

Er beugte sich vor und küsste sie. Zart, mehr wie der Kuss im 7-Eleven, überhaupt nicht so wie vor der Haustür, überhaupt nicht wie die hungrigen Küsse im Flur.

»Langsam bekommen wir eine ganze Sammlung zusammen«, sagte Josie beim Atemholen. »Wir können alle Arten von Küssen sammeln.«

»Psst.« Jack versuchte, ein strenges Gesicht zu machen. »Jetzt reden wir über Caesar. Ist es nicht ungewöhnlich, dass Hunde Dates haben?«

Josie schlang die Arme um seinen Hals. Er war ein ganzes Stück größer als sie. Wohlig schmiegte sie sich an ihn, spürte, dass es ihn erregte. Das Ziehen im Bauch war wieder da, und die Finger außer Kontrolle. Josie streichelte über Jacks Bauch, ließ die Finger wandern. Sie hörte, wie er scharf Luft holte, mit der Nase in ihrem Haar.

»In meiner Familie ist nichts ungewöhnlich.« Sie löste sich von Jack. »Ich kann dir mehr über uns erzählen, wenn du mir von dem türkischen Mädchen erzählst.«

Jack zuckte mit den Schultern und wieder glitt dieser dunkle Schatten über sein Gesicht. Josie versuchte, ihn nicht von Kopf bis Fuß anzusehen, aber das war schwer. Sie drehte sich um und öffnete die Badezimmertür. Nachdem sie das Licht so weit gedimmt hatte, dass es fast schon schummrig war, zündete sie alle Kerzen auf dem Badewannenrand an. Aus einem hohen Schrank holte sie Handtücher und einen Waschlappen und drehte anschließend den Wasserhahn am Waschbecken auf. Doch als sie den Waschlappen unter das warme Wasser hielt, hatte sie eine bessere Idee und drehte den Wasserhahn zu.

»Willst du duschen?«, fragte sie und verschwand hinter der Duschtrennwand.

Als Jack nicht antwortete, steckte sie den Kopf hervor. Er stand auf dem weichen Teppich und sah plötzlich sehr entblößt aus. Seine Klamotten hielt er immer noch in der Hand, als wüsste er nicht recht, wo er sie ablegen sollte.

»Ich verspreche dir, hier klaut keiner deine Sachen«, beruhigte sie ihn und grinste. »Nicht mal Caesar!«

Jack lächelte schief und warf seine Klamotten auf einen Haufen – Jeans, Boxershorts, Pulli, T-Shirt und eine einzelne Socke. Josie musste an Fredrik denken. Wenn er jetzt nach Hause käme, würde er sofort wissen, was sie getan hatten. Er würde alles ihrer Mutter erzählen und dann würden sie wochenlang darüber lästern. Die ganze L.A.-Reise lang. Die Glücksblase würde platzen.

»Wer ist er denn?«, fragte Jack, als würde er sich wirklich anstrengen, ein Gesprächsthema zu finden.

»Wer?«, fragte sie und sah zu Jack, der immer noch mitten

im Badezimmer stand. Sie stieg aus der Dusche und setzte sich auf einen Hocker. »Fredrik?«

»Caesar.«

»Ach, das ist mein Vater. Keiner, über den man sich Gedanken machen muss, ehrlich.«

»Ja, klar«, erwiderte Jack ironisch und blickte zur offenen Badezimmertür. »Aber er wohnt manchmal hier, sagst du?«

»Ziemlich selten, eigentlich nie. Er ist gerade frisch geschieden, aber wenn er in der Stadt ist, schläft er bei seinem Exmonster«, antwortete Josie und wünschte sich, Jack würde nicht so weit weg stehen.

»Klingt so, als hättest du eine harmonische Kindheit gehabt«, sagte er und griff nach einem Schwamm, der in einem Korb neben der Wanne lag. Dann ging zu ihr.

Josie betrachtete Jack und sah, was mit ihm passierte. Eine wilde Freude breitete sich in ihr aus, darüber, dass sie es war, die das bei ihm bewirkte.

»Offenbar freust du dich, mich zu sehen«, sagte sie und grinste. »Willst du unter die Dusche?«

»Wenn du mitkommst?«, erwiderte Jack.

Josie betastete die spröde Schicht, die auf ihrem Bauch getrocknet war.

»Wenn du Angst hast, dass du das nicht mehr abkriegst, kann ich vielleicht helfen«, sagte er und zog sie mit sich unter die Dusche.

Warmes Wasser strömte aus einem riesigen Duschkopf auf sie herab, der für sie beide reichte, wenn sie dicht genug zusammenstanden. Ohne nachzudenken, fuhr Josie ihm mit dem Zeigefinger über Bauch und Brust. Ihre dicht zusammengesteckten Köpfe wirkten wie ein Regenschirm. Sie hob ihren Finger an seinen Mund, strich ihm über die leicht geöffneten Lippen. Jack sah Josie an, hielt sie fest umarmt. Küsste sie. Weiche offene Lippen, warmes Wasser und Zungen. Josie presste sich an ihn. Jacks Hände glitten an ihrem Körper hinunter, langsam, um alles zu erkunden. Dann ging er in die Hocke, streichelte die Beine entlang bis zu ihren Fußknöcheln und setzte sich schließlich auf den Boden. Josie setzte sich auf ihn. Sie waren sich jetzt ganz nah.

»Du, wir sollten das eigentlich nicht«, flüsterte Jack mit den Lippen an Josies Stirn. »Ich kann nicht, nicht noch mal, du musst aufhören, ich habe kein Kondom.«

»Was denn, sind Jungs nicht immer bereit?« Josie sah ihm in die Augen. Es war magisch, sie liebte das Gefühl von Macht. Aber in Jacks Augen blitzte etwas auf.

»Warum sollte ich für dich bereit sein?«, fragte er und starrte zurück.

Starrte zurück, während sie sich leicht kreisend bewegte. Er stöhnte auf. Sie stöhnte auf.

»Hab nur Spaß gemacht«, sagte sie nach einer Weile und versuchte, munter zu klingen, obwohl ihre Stimme fast versagte.

»Ich nicht«, antwortete Jack. Ohne zu lächeln, aber er versuchte auch nicht, sie aufzuhalten.

Sie bewegte sich jetzt stärker. Wollte nicht mehr reden. »Keine Angst«, flüsterte Josie. »Ich habe doch gesagt, ich nehme die Pille.«

»Aber das reicht nicht«, sagte Jack matt. All seine Widerstandskraft, alle Willensstärke versagte bei ihr. »Ich meine nicht, dass du, oder ich … aber wir sollten …«, versuchte er es.

»Du solltest still sein … oder … oder aufhören«, sagte sie, ohne es zu meinen. »Eigentlich solltest du aufhören.«

»Du solltest aufhören«, erwiderte Jack und küsste ihre Brüste.

Josie umklammerte seine Schultern, Jack umklammerte ihre Hüften. Es gab nur noch sie beide, einander so unglaublich nah. Die Welt versank ein weiteres Mal.

Keiner sagte etwas, bis nur noch kaltes Wasser auf sie niederprasselte.

»Solltet ihr in so einer Wohnung nicht einen Boiler haben, der ein bisschen länger durchhält?«, fragte Jack, während er aufsprang und zitternd die Dusche verließ. Er griff nach den Handtüchern und gab eins davon Josie. Dann trockneten sie sich ab, während sie sich lächelnd beobachteten.

»Lass uns was essen, ich bin am Verhungern.«

Jack

»Ich habe Ayla zum ersten Mal beim Basketball gesehen, vor drei oder vier Jahren.«

Sie hatten es sich auf dem dunklen, weichen Sofa im Wohnzimmer bequem gemacht, einander gegenüberliegend mit dem Kopf auf den Armlehnen und mit einer langen Decke zugedeckt. Seine Beine lagen auf der Armlehne neben ihrem Kopf und ihre Füße reichten ihm bis zu den Schultern. Auf dem Couchtisch stand eine Reihe brennender Teelichte, der Rest der Wohnung war dunkel. Die Welt hatte aufgehört, sich zu drehen. Es war so gemütlich, wie sie da eng beieinanderlagen, dass Jack wünschte, es würde nie aufhören. Diese Nacht konnte ruhig bis zum Ende seines Lebens dauern. Mehr brauchte er nicht.

»Echt? Wie alt warst du da?«, fragte Josie, in den Händen eine dampfende Tasse Tee.

Auf den Tellern lagen noch die Krümel von ein paar Käsebroten. Der schlimmste Hunger war gestillt.

»Vierzehn oder fünfzehn«, fuhr er fort. »Kann mich kaum noch daran erinnern. Sie war ziemlich süß und eine der besten Basketballerinnen, die ich je gesehen habe. Sie wirkte knallhart, und ich war so schüchtern, dass es ewig gedauert hat, bis ich mich getraut habe, sie anzusprechen.«

Er hatte die Hände um ihre nackten Füße gelegt. Sie hatte eine Trainingshose angezogen, aber keine Socken – und keinen Slip. Er schluckte und streichelte ihren schmalen Knöchel. Ein Schauer durchlief sie.

»Würdest du sagen, dass du immer noch schüchtern bist?«

»Nicht jetzt, nicht bei dir. Aber sonst schon, meistens. Fremde Menschen machen mir irgendwie Angst.«

»Deine schlechte Laune ist also eigentlich Schüchternheit?«

»Kann sein. In der Schule habe ich mal mit ein paar Mädchen aus meiner Klasse darüber gesprochen. Die sagten, sie hätten mich nie als schüchtern empfunden. Eher als fokussiert. Auf meinen Sport. Aber ich war schüchtern. So dermaßen verkrampft, dass ich kein Wort rausgebracht habe.«

Er schüttelte den Kopf und richtete sich auf. Suchte nach den richtigen Worten.

»Du, warst du so weit? Vorhin, meine ich.«

»So weit?«

Tat sie nur so, als würde sie nicht verstehen, oder hatte sie wirklich keine Ahnung?

»Ja, vorhin in der Diele. Ich meine …« Er unterbrach sich. »War es für dich auch schön?« Er musste lachen.

»Ja, es ging schnell, aber es war so …« Sie wich seinem Blick aus. »Intensiv. Ich hätte fast keine Luft gekriegt. Unfassbar eigentlich. Aber ich wäre beinahe gekommen.« Ihre grünen

Augen kehrten zu ihm zurück. »Wenn ich nicht angefangen hätte zu lachen.«

Sie lächelte und mehr musste nicht gesagt werden.

»Erzähl mir von Ayla.«

Er seufzte. »Ayla und ich sind vorletzten Sommer in einem Basketballcamp zusammengekommen, das war echt cool. Wir waren bis zum Spätherbst dieses Jahres zusammen.«

»Anderthalb Jahre? Das ist ja eine Ewigkeit.«

»Ich hatte sie seit mehr als drei Jahren in meinem Kopf. Das ist eine ziemlich lange Zeit meines Lebens.«

»Was ist passiert? Warum ist Schluss?«

Er presste die Lippen aufeinander.

»Es wird dich überraschen, aber ich bin nicht gerade der unternehmungslustigste Typ der Welt.«

Sie lachte auf und hätte beinahe den Tee verschüttet.

»Ist sie denn so viel aktiver?«

»Ja, fast alle sind aktiver als ich. Ich konzentriere mich darauf, was ich erreichen will, und blende alles andere aus. Basketball steht an erster Stelle und es ist sehr viel Basketball. Ich trainiere zweimal täglich, insgesamt drei oder vier Stunden. Danach habe ich nicht mehr viel Lust auf was anderes.«

»Profisportler zu sein, ist wirklich anstrengend.« Es lag keine Ironie mehr in ihren Worten, nur noch Wärme. »Und wer von euch hat Schluss gemacht?«

Er begriff, dass es wichtig für sie war.

»Ayla. Ich hatte es allerdings schon ein paar Wochen vorher geahnt. Da war nicht mehr dieselbe Glut. Nicht mehr dasselbe Verlangen wie am Anfang. Keine Ahnung, woran das lag. Aber ich war trotzdem verdammt geknickt.«

»Und sauer.«

Augenglitzern über dem Rand der Tasse.

»Wie auch immer.« Er zuckte die Schultern. »Wir hatten so viel zusammen erlebt und auf einmal war alles weg. Keine Angst, ich fange nicht an zu heulen. Es tut nicht mehr besonders weh.«

»Nichts ist weg. Sieh es doch mal so: Das, was ihr hattet, hat sich in Erinnerungen verwandelt. Schöne Erinnerungen, hoffe ich.«

»Ja … Aber genug jetzt von Ayla.«

Er rutschte ein Stück tiefer und hob ihren Fuß auf die Armlehne. Legte die Wange an ihre nackte Wade und sah sie an.

»Jetzt will ich mehr über dich erfahren. Erzähl mir von Josefine af Lilja.«

»Noch nicht, Jack. Ich bin ein Mädchen und habe gerade erst angefangen, dich zu löchern. Ich habe noch massenhaft Fragen.«

Er gab einen gespielten Seufzer von sich und wartete darauf, dass sie weiterredete.

Irgendwo in der Wohnung piepste es.

»Moment.« Sie stellte die Tasse auf dem Tisch ab und stand auf.

Er folgte ihr mit den Augen, sah, wie es sich unter der Trainingshose bewegte, und fragte sich, wie er das hier nur durchstehen sollte. Bilder von dem Vulkanausbruch in der Diele huschten vorüber, und für einen kurzen Moment wusste er nicht, wohin mit sich. Die Nacht durfte noch nicht vorbei sein. Er wusste nicht mal, wie spät es war.

»Eine Nachricht von Adrian.«

Ihre Stimme holte ihn zurück aus der Erinnerung an ihren nackten Körper auf seinem und was sie miteinander getan hatten. Er blinzelte.

»Okay?«

»Es ist das Foto, das er gemacht hat, als du vor mir gekniet hast.« Sie betrachtete das Bild eine ganze Weile. »Ist richtig gut geworden. Hier!«

Sie zeigte ihm das Foto und plötzlich konnte er seine eigene üble Laune erkennen, aber auch ihre herablassende, spöttische Freude. Er wusste nicht, was ihn mehr störte.

»Schönen Gruß von Adrian – er fragt, ob du jetzt aufgehört hast, schlecht drauf zu sein.«

»Du solltest antworten. Oder soll ich schreiben?«

Sie musste nicht lange nachdenken.

»Mach du. Aber ich will es lesen, bevor du es abschickst.«

Er nahm das Handy entgegen. Tippte rasch.

Cool, dass du dich meldest! /Jack

Josie runzelte die Stirn. »Das versteh ich jetzt nicht.«

»Ganz einfach.« Er schickte die Nachricht ab, schielte zur Uhr und wäre fast zusammengezuckt. »Es ist nach zwölf. Adrian wollte checken, ob wir gevögelt haben oder ob er vielleicht noch eine Chance hat. Er hat die Antwort bekommen, die er verdient.«

»Ist das so?« Sie kroch wieder neben ihn aufs Sofa, ihre weichste, wärmste Stelle fast auf ihm, die Füße wieder auf der Lehne.

»Das ist so.«

»Ist er eigentlich dein bester Freund? Oder hast du noch einen, dem du mehr erzählst? Wie ist das eigentlich bei Jungs?«

»Jedenfalls nicht so wie bei Mädchen. Ich habe viele Kumpels, aber keinen besten Freund, dem ich alles erzähle. Meistens albern wir nur rum und ziehen uns gegenseitig auf, mehr als Mädchen das tun, aber es wird auch nicht so gemein, wenn wir uns mal streiten.«

»Langweilig.« Sie lachte. »In jeder Hinsicht.«

»Nö. Ich hasse Streit. Der macht nur alles kaputt. Hey, übrigens, ich bin schon ewig nicht mehr so lange wach gewesen.«

»Musst du jetzt schlafen?«

Ein Hauch von Sorge vom anderen Ende des Sofas.

»Nee, ich bin kein bisschen müde. Verrückt. Normalerweise ist bei mir um zehn Sense. Spätestens elf.«

»Warum bist du jetzt wach?«

Als würde sie nach einem Kompliment angeln. Aber seine Abwehr war zusammengebrochen. Er hatte keine Probleme damit, ihr die Wahrheit zu sagen.

»Daran bist du schuld.«

Er sah, wie sie schluckte und nach einer Antwort suchte. Im selben Moment vibrierte sein Handy. Seufzend zog er es hervor.

»Adrian gibt nicht auf. Er fragt, ob ich mich in dich verknallt habe.«

Sie lachte.

»Darf ich antworten?«

Er legte das Telefon in ihre ausgestreckte Hand und sie begann zu tippen. Als er das Glitzern in ihren Augen sah, während sie schrieb, wurde ihm warm ums Herz. Er wollte sie nicht unterbrechen, tat es aber doch.

»Was schreibst du?«

Sie hob den Blick.

»Dass wir es schon ein paarmal getan haben und es heute Nacht noch öfter tun werden. Dass ich noch nie so einen Typen wie dich getroffen habe.«

Auf einmal war er verlegen.

»Das wird ihn zum Schweigen bringen, aber ich an deiner Stelle hätte nichts gesagt.«

»Nicht?« Sie schickte die Nachricht ab und gab ihm das Handy zurück. »Ich dachte, Jungs prahlen mit so was.«

Er legte das Handy neben das Sofa. »Typen wie Adrian vielleicht. Ich nicht. Ich finde das bescheuert. Das ist doch kein Wettkampf. Oder habe ich was verpasst?«

Er legte die Wange wieder an ihre Wade. Es fühlte sich schön an.

»Ich weiß nicht, Jack.« Sie biss sich auf die Lippe. »Aber gehst du nie raus? Hängst in Clubs rum? Tanzt die ganze Nacht durch und machst dummes Zeug? So wie das hier?«

»Nein.«

»Ach komm. Nie?«

»Nein. Ich sag doch, ich bin der größte Langweiler der Welt. Ich stecke meine ganze Kraft in den Sport. Keine Dummheiten. Danach schlafe ich. Und mir ist klar, dass ich mich anhöre wie der Vorsitzende der Schülervertretung.«

»Aber jetzt bist du hier. Mit mir.« Sie sagte es eher zu sich selbst, anscheinend hörte sie es gerne. »Was ist denn mit deiner Familie, waren deine Eltern immer miteinander verheiratet? Hast du immer in Bromma gewohnt? Magst du deine Schwester? Hast du noch mehr Geschwister? Sitzt ihr jeden Sonntagabend gemütlich beim Abendessen zusammen?«

Die Maschinengewehrsalve verstummte und er lachte.

»Moment, der Reihe nach. Meine Eltern sind seit ihrer Hochzeit miteinander verheiratet. Ich wohne schon lange in dem Haus, aber geboren bin ich in Lindö bei Norrköping. Als ich sieben oder acht war, sind wir nach Bromma gezogen, und ich war so wahnsinnig schüchtern, dass es ewig gedauert hat, bis ich Freunde gefunden habe. Dann stellte sich heraus, dass ich gut im Sport bin, vor allem in Basketball. An meiner Schule war genau dieser Sport angesagt, also habe ich Basketball gespielt.« Er holte tief Luft. »Alle Fragen beantwortet?«

»Nein.« Sie schüttelte den Kopf. »Aber wie gut bist du eigentlich? Im Basketball, meine ich.«

»Kennst du dich ein bisschen aus? Also, ich bin gut genug, um Jugendprofi zu sein. Besser als Adrian. Reicht das?«

»Weiß nicht. Vielleicht.«

»Du musst irgendwann vorbeikommen und zuschauen.«

Während er das sagte, merkte er, wie sich etwas veränderte. Irgendwann bedeutete eigentlich *nie* und das Wort gefiel ihm nicht. Nicht bei ihr. Es war unfassbar, dass dies hier bald vorbei sein würde, dass sie in wenigen Stunden auseinandergehen und sich vielleicht nie wiedersehen würden.

»Nicht so, Jack.« Vorsichtig rieb sie ihr Schienbein an seiner Wange. »Ich verspreche, dass ich eines Tages kommen und zuschauen werde. Irgendwo auf der Welt. Du entkommst mir nicht.«

»Gut.«

»Und deine Schwester?«

Er rutschte ein klein wenig höher.

»Fia ist süß, wenn sie nicht gerade wütend ist. Aber das ist sie ziemlich oft. Könnte daran liegen, dass ich sie immer ärgere. Ich habe auch noch einen älteren Bruder, Kenneth. Er zieht demnächst zu Hause aus. Wird ganz schön langweilig sein ohne ihn, da kann ich ebenso gut nach Spanien gehen.«

Sie betrachtete ihn in der Stille der Wohnung.

»Du magst deine Familie, oder? Wenn du hier in Schweden als Profi spielen könntest, würdest du viel lieber bleiben, oder?«

Er nickte, woraufhin sie den Kopf schüttelte.

»Wahnsinn, wie total verschieden wir sind. Ich habe nichts von dem, was du hast. Keine Familie und kein Zuhause, das immer am selben Ort ist, keinen festen Bezugspunkt, keinen Basketball, kein Ziel in meinem Leben und null Ahnung, was aus mir werden soll.«

»Was hast du dann?«

»Alles andere.« Sie lächelte, und er begriff, dass sie sich nicht beklagte, dass sie sogar froh über ihre Freiheit war. »Wirklich alles. Ich fliege demnächst mit Fredrik und meiner frisch geschiedenen Mutter nach Los Angeles und das wird toll. Weißt du warum? Weil wir zusammen an einem Ort sind. Keiner kann einfach ohne mich abhauen.«

»Klingt ziemlich traurig. Tun sie das sonst? Abhauen, meine ich.« Er konnte sich ein Leben ohne festes Zuhause, wo alles seinen gewohnten Gang ging, nicht vorstellen.

»Ja, aber ich komme gut allein klar. Hab ich schon immer getan. Die meisten Leute, die ich kennenlerne, finden das toll und …«

»Ich nicht.«

Sie blinzelte, dann verengten sich die grünen Augen am anderen Ende des Sofas.

»Weißt du, als wir uns da am Wühltisch mit den Schals zum ersten Mal gesehen haben, fand ich, dass du der bescheuertste Idiot bist, der mir je über den Weg gelaufen ist.«

»Das war Absicht. Ich steh nicht auf arrogante verwöhnte Zicken. Die überlasse ich gerne anderen.«

»Glaubst du wirklich, dass ich so eine bin?«

»So eine war es, die ich im NK gesehen habe. Schlimmste Sorte. Aufgedreht und völlig unmöglich. Nein, schrei nicht. Aber ich habe eine Schwäche für Sturköpfe. Leute, die nicht aufgeben. Wenn man etwas wirklich will, muss man alles dafür tun, um es zu erreichen. Andernfalls kann es ja nicht so wichtig sein.«

»So wie du und dein Basketball, meinst du?«

»Oder wie du, als du den Schal zurückgebracht hast. Gib niemals auf.«

»Hm, klingt so, als sollte ich dich im Auge behalten.« Sie schwieg, aber nur einen Moment. »Nach unserer …«

Sie schüttelte den Kopf und etwas hing in der Luft. Jack schluckte. »Erzähl mir von Caesar.«

Josie nickte. »Mein Vater verdient jede Menge Kohle. Geld ist kein Thema in Djursholm, aber du bist ja aus Bromma.«

»Du bist also nicht auf mein Geld als Profispieler scharf?«

»Nö.« Eine Falte erschien auf ihrer Stirn. »Mein Vater ist dauernd unterwegs. Er macht Geschäfte, trifft sich mit Frauen, verdient Geld, trifft sich mit noch mehr Frauen und verdient noch mehr Geld. Er kann ganz wunderbar sein, aber auch ein richtiges Arschloch. Manchmal bin ich traurig, dass ich ihn nicht mehr sehe, aber dann auch wieder froh, dass ich ihn los bin.«

»Ich glaube, das verstehe ich.« Jack streichelte ihr Bein. »Und du, wohin bist du unterwegs?«

Stille.

»Muss man das wissen?«, fragte sie schließlich. »Ich will Spaß haben, mit witzigen Leuten zusammen sein. Was von der Welt sehen. Eine tolle Zeit erleben. So was in der Art.«

»Lernst du für irgendwas? Was willst du später mal werden? Was interessiert dich, worauf hast du Lust?«

Er merkte, dass er sich anhörte wie ein Berufsberater.

»Ich lerne«, sagte sie langsam. »Auf dem Internat in England. Ich bin gut. Meine Noten sind gut. Weil ich es wirklich will. Aber manchmal halte ich es kaum noch aus. Da ist alles so verplant, so eng, ich kann nichts selbst entscheiden.«

»Internat?«

Er erinnerte sich, dass sie so was am Nachmittag schon erwähnt hatte, aber da hatte er nicht richtig zugehört. Jetzt tat er es.

Sie blickte auf.

»Nichts für dich, was?«

»Kein Stück.« Er schüttelte den Kopf.

»Aber ich will nicht bei meinem Vater wohnen«, fuhr sie fort. »Und auch nicht bei meiner Mutter. Ich will in England bleiben. Ich tue alles, damit ich dableiben kann. Mein ganzes Leben ist dort.«

»Du bist so …«, er suchte nach dem richtigen Wort, »… selbstständig. Stark. Find ich cool.«

»Stärker als du?«

»Klar.« Er lachte. »Viel stärker. Ich wohne schließlich immer noch zu Hause.«

»Auf meinem Internat würde es dir gefallen, Jack. Stell dir vor, lauter Zimmer voller notgeiler Mädchen und keine anderen Typen weit und breit. Es gibt jedes Mal eine Kreischorgie, wenn draußen auf der Straße ein Kerl vorbeigeht. Du hättest die freie Auswahl.«

»Das wäre nichts für mich.«

»Ach komm!« Sie seufzte. »Kannst du nicht wenigstens so tun als ob?«

»Nein.«

»Verstehe.« Sie rutschte ein Stück tiefer. »Du liegst lieber auf dem Sofa und redest.«

Er nickte. »Aber du liebst Aufmerksamkeit, Josie. Du liebst es, gesehen zu werden – vor allem von Typen – und wenn was passiert. Je mehr, desto besser.«

»Aber ich mag das hier auch«, sagte sie leise. »Ich wusste es nur nicht. Ich glaube, ich habe mich noch nie so mit einem Jungen unterhalten.«

»Danke«, antwortete er lächelnd. »Aber weißt du was? Auf dem Sofa liegen und reden ist nicht das Einzige, was ich mag.«

Er schob seine Hand in ihr Hosenbein, ganz hinauf bis zu ihrem warmen, weichen Oberschenkel. Spürte, wie sie erschauerte und sich noch etwas wärmer, etwas schwerer an ihn drückte.

»Was willst du, Josie? Wenn du es dir aussuchen könntest?«

»Was ich will?« Ihre Augen wurden schon wieder schwarz und ihn durchlief ein Kitzeln.

Sie befeuchtete ihre Lippen und nahm innerlich Anlauf, als

sei sie nicht ganz sicher, ob sie sich trauen sollte, als sei sie nicht gewohnt zu sagen, was sie insgeheim dachte.

»Ich will das hier«, sagte sie. »Nur das hier. Verstehst du, Jack? Ich will, dass es immer weitergeht, bis …«

Die blonden Locken hüpften, als sie den Kopf schüttelte.

»Komm.« Er streckte sich nach ihr aus, packte ihre Hände und zog sie vom anderen Ende des Sofas auf seinen Schoß. Hielt sie in den Armen und spürte ihre Brüste durch den dünnen Pullover, spürte, wie sein Körper darauf reagierte, und umarmte sie noch fester. Sie bewegte sich sanft, und er wusste, dass sie es auch spürte.

Er strich ihre Haare zurück und küsste ihren Hals, ihren Nacken, und ihre Beine spreizten sich und nahmen ihn in die Zange. Er hielt den Atem an und strich mit den Händen über ihren Hintern.

Ein metallisches Geräusch drang an sein Ohr. Scharf und kurz. Dann ein Klicken.

»Scheiße!« Sie zuckte zusammen. »Fredrik.«

Weit entfernt und doch viel zu nah wurde die Wohnungstür geöffnet.

Josie

Blitzartig setzten sie sich im Sofa auf. Kämmten mit den Fingern durch die Haare und versuchten, die Flammen an Wangen und Hals zu löschen. Im Nacken, wo er sie geküsst hatte. Die Haut fühlte sich beinahe wund an, als würden Nervenfasern und Gefühle eine Einheit bilden. Jack war unter ihr erwacht, und Josie war beinahe ohnmächtig geworden, als sie es gemerkt hatte. Ihr Verlangen war so groß, dass es nicht genug Platz in ihr hatte. Dass er da war, genügte nicht.

Josie sah Jack unter ihrem Pony hervor an, wagte nicht, zu lange zu schauen. Jack stand auf, als die Geräusche unten in der Diele lauter wurden. Sie drangen die Wendeltreppe hinauf, breiteten sich unter den Deckenbalken aus. Es war nur ein einziger großer Raum mit der Küche an einem Ende und einer Glasmosaikwand, die das Schlafzimmer und das Bad dahinter abtrennte. Jack sah sich um, als suchte er nach einem Versteck. Dann machte er blitzschnell zwei Schritte und stellte sich hinters Sofa. Er sah aus, als würde er die Luft anhalten.

Josie und Jack sahen sich an, während sie die Schritte auf der Treppe hörten. Keiner von ihnen brachte ein Wort heraus. Was hätten sie auch sagen sollen? Alles war gesagt und doch nichts. Sie waren nicht weitergekommen!

Schweigend warteten sie eine halbe Ewigkeit, bis ein braun gebrannter Typ mit breitem Grinsen im Zimmer auftauchte. Das Hemd war so perfekt gebügelt, wie es nur die exklusive Sturebad-Wäscherei hinbekam, und der Mann so gepflegt, wie man es nur sein konnte, wenn man jede Menge Zeit hatte. Und Geld. Josie borgte sich Jacks Augen und sah es ganz deutlich. Leichter, lässiger Blazer für ein paar Tausender, perfekt verschlissene Jeans für nicht viel weniger.

Aber es war nicht Fredrik, der große Bruder, sondern Gustaf, sein bester Freund. Er war ein Jahr älter als Fredrik. Immer der mit der größeren Klappe, da alle wussten, dass Fredrik der Schlauere war. Josie lächelte, ging zu ihm und umarmte ihn. Erleichtert, ohne zu wissen, warum. Eigentlich gehörte die Umarmung Jack.

»Hi Süße, freust du dich so sehr, mich zu sehen?«, sagte Gustaf und wandte sich an Jack. »Moment, Josie, ich muss erst den *main man* des Abends begrüßen.«

Gustaf streckte die Hand aus, verbeugte sich leicht, schlug die Hacken zusammen. Er lächelte, aber das Abschätzige in den Mundwinkeln blieb Josie nicht verborgen. Sie kannte alle Codes und wusste, dass einer wie Jack nicht Gustafs Kragenweite war. Sie hatte keine Ahnung, was sie tun sollte, und ein Gefühl von Panik machte sich in ihr breit.

»Jacob«, sagte Jack und schüttelte zögernd die ausgetreckte Hand.

Jacob, dachte Josie und sah Jack an. Sie spürte, wie ein kalter Luftzug durchs Zimmer fuhr, und sah sich nach einer Strickjacke um oder etwas, das sie sich um die Schultern legen konnte. Jacks Gesichtsausdruck war wie der im NK, schoss es ihr durch den Kopf. Sie wollte zu ihm gehen, seine Wange berühren. Den Kopf an seine Schulter legen, so viel von seinem Duft einsaugen, dass sie ihn in sich speichern konnte.

Gustaf betrachtete Josie und sie zögerte. Er grinste. Stellte sich nicht vor. Er sagte seinen Namen nicht! Typen taten so etwas, um die Rangordnung klarzustellen, ihr Revier zu markieren.

»Hallo, Jacob, was führt dich hierher?«, fragte Gustaf schließlich. »Unsere kleine Josie ist sich offenbar für nichts zu schade, aber so war sie schon immer. Letztes Jahr war es irgend so ein Held der Arbeiterklasse aus London. Aber na ja, Gegensätze ziehen sich an, oder?«

»Verdammt, ich bin nicht deine *kleine* Josie«, fluchte Josie und überlegte, wie sie Jack aus dem Zimmer bekommen sollte, bevor er vor Wut explodierte.

Gustaf tat, als hätte er sie nicht gehört, und redete einfach weiter, den Blick auf Jack gerichtet. Wie bei einem einstudierten Theaterstück, dachte sie. Machten sie das immer so?

»Was ist eigentlich aus diesem Businesstypen in London geworden, hattest du ihn satt? Oder hast du nur was mit ihm angefangen, weil er schwarz ist? Wolltest du neue Erfahrungen sammeln?«

Gustaf lachte, so wie er schon tausendmal mit ihr zusammen gelacht hatte. Es war okay, dass Fredriks Kumpel Josie aufzogen, wie sie wollten – sie liebte es ja, im Mittelpunkt zu stehen und alle Aufmerksamkeit auf sich zu ziehen. Sie war die Mutige, die sich getraut hatte, ins Ausland zu gehen, und die immer für jede Verrücktheit, die das Leben lustiger machte, zu haben war, und sie wusste, dass sie sie hemmungslos dafür bewunderten. Und dass sie sich um sie kümmerten wie um eine kleine Schwester. Aber hier und jetzt, vor Jack, erschien ihr das alles nur total blöd. Josie fröstelte, war nervös. Es war, als wäre sie in der kurzen Zeit, die sie mit Jack verbracht hatte, eine andere geworden. Sie wollte nicht zurück in Gustafs Scheiß!

»Bloß weil du dir nichts anderes vorstellen kannst als Mädchen, die alle nach dem gleichen Muster gestrickt sind«, versuchte Josie zu scherzen, um die Taktik zu ändern. »Shopping Queens, deren Welt nur aus Marc Jacobs, Maruschka und Louis Vuitton besteht. Sind das die einzigen, mit denen du dich traust zu reden?«

Gustaf lachte wenigstens über sich selbst, das tat er dauernd. Jack lächelte leicht. Josie liebte ihn dafür, dass er so schwer zu durchschauen war. Vielleicht sollte sie sich zu ihm stellen. Sie überlegte, wie sie es am natürlichsten anstellen konnte, die drei Meter zu ihm zu gehen.

Die Toilettenspülung rauschte, eine Tür wurde geöffnet. Und dann Gepolter, ein Schlüsselbund fiel auf den Marmorboden unten in der Diele, eine Jacke rutschte vom Kleiderbügel, sodass die anderen klingend aneinanderstießen. *Endlich,* dachte Josie, *Fredrik kommt und bringt das hier in Ordnung.* Schritte auf der Treppe. *Fredrik wird begreifen, dass Jack der beste Typ der Welt ist.*

»Was du für eine Scheiße redest, Gustaf, man hört dich sogar unten im Bad«, sagte Fredrik und stolperte ins Zimmer. »Das hat er schon immer gemacht, stimmt's, Josie?«

Als Josie wieder zu Jack blickte, traute sie sich nicht mehr, zu ihm zu gehen. Alles Weiche war weg, so als wäre er bereit zum Kampf. Die Worte, die ihm mühelos über die Lippen gekommen waren, als es nur sie beide gegeben hatte, waren verschwunden. Josie und Jack, Jack und Josie. Sein Körper, der sich entspannt hatte, sobald sie Adrian losgeworden waren. Es ist, dachte Josie und blickte von Gustaf zu Jack und wieder zurück, als ob Jungs sich die ganze Zeit aneinander messen müssen. Als sie und Jack allein gewesen waren, war er zärtlich und voller Gefühl gewesen. Aber jetzt? Muskeln spannten sich an, das Gesicht wurde hart. In seinen Augen blitzte es wieder. Aber sie konnte ihn verstehen. Nach Gustafs arroganten Sprüchen konnte Jack nicht davon ausgehen, dass Fredrik ein netter Typ war. Nur sie wusste, dass sie auf ihn bauen konnte.

»Irgend so ein Vollidiot hat mir einen Kübel Rotwein übers Hemd geschüttet«, sagte Fredrik und zeigte stolz auf seine besudelte Brust. »Total versaut, das kann ich wegwerfen. Hallo, ich bin Fredrik.«

»Jacob«, sagte Jack zum zweiten Mal an diesem Abend, aber Josie fand, dass es diesmal etwas weicher klang.

Fredrik grinste Jack freundlich an, während er seine Manschettenknöpfe ablegte.

»Na, Schwesterchen«, wandte er sich an Josie, »geht's dir gut? Du hast den ganzen Abend nicht angerufen, alles okay?«

»Wir hatten ja nichts abgemacht«, erwiderte Josie, die es auch vermisst hatte. Normalerweise schickten sie und Fredrik sich jeden Abend ein paar Nachrichten. Aber es hatte fast keinen freien Moment gegeben und außerdem hatte sie die Zeit mit Jack möglichst lange ungestört verbringen wollen. Damit war es jetzt natürlich vorbei. Josie seufzte und sah zu Jack. Wollte, dass er verstand.

Fredrik legte einen Arm um Josies Schulter, zog sie an sich, gab ihr einen Kuss auf die Wange. »Was heißt abgemacht?«, fragte er. »Das tun wir doch immer. Wir müssen aufeinander aufpassen, Schwesterherz!«

Josie versuchte zu lachen, aber wieder kam nur ein Seufzer heraus.

»Okay, okay, genug Tragikomödie für heute Abend.« Gustaf klatschte in die Hände. »Komm, Josie, wir schauen mal, ob wir was Essbares auftreiben können, während Freddyboy sich wieder hübsch macht«, sagte er und steuerte auf die Küche zu.

Fredrik zog sich aus und verstreute seine Sachen auf dem Boden, verschwand hinter der Wand zum Bad und begann, unter der Dusche *Teddybjörnen Fredriksson* zu schmettern, dass die Wände wackelten. Josie folgte Gustaf widerstrebend in die Küche, mehr aus Gewohnheit. Alle wussten, dass Fredrik nach einer Partynacht Eier, Speck und Bier im Kühlschrank hatte. Essiggurken, Rote Bete, Ketchup und Senfmayonnaise.

Jack stand noch immer mitten im Zimmer.

»Komm«, flüsterte Josie und streckte die Hand nach ihm aus.

»Kannst du die Tomaten schneiden?«, fragte Gustaf Jack und zeigte auf die große Schüssel mit sonnenreifen Rispentomaten. »Ihr habt sicher auch Hunger – ich wette, ihr habt die ganze Zeit nur geknutscht.«

Gustaf sah aus, als wüsste er, dass er was wiedergutzumachen hatte. Als Jacks Hände etwas zu tun hatten, schien er sich zu entspannen. Er wusch die Tomaten, nahm das Messer, das Josie ihm reichte, und begann zu schneiden. Gustaf schaltete den riesigen Gasherd an. Bratkartoffeln und Spiegeleier, sunny side up.

»Musik, Josie!«, rief Gustaf.

Wie ferngesteuert schaltete Josie die Küchenanlage ein – Fernseher, Computer, Musik, alles in einem. Sie kam sich blöd vor. Wusste im selben Moment, dass das hier nicht richtig war. Warum tat sie es dann trotzdem? Lag es an dem Befehlston?

»So, *Marco*«, sagte Gustaf, nachdem er ausführlich berichtet hatte, was heute Nacht am Stureplan los gewesen war. Er hatte den einen oder anderen Lacher geerntet, sogar von Jack. Aber jetzt. »Hör mal, Marco, es wird langsam Zeit, dass du auch mal was sagst. Konversation ist ein natürlicher Bestandteil guter Erziehung, aber das weißt du sicher.«

»Jacob«, sagte Jack so laut, dass es durch die Luft schnitt.

»Marco, Jacob, whatever«, erwiderte Gustaf mit charmantestem Schwiegermutterlächeln, als ob es wirklich keine Rolle spielte. »Du scheinst jedenfalls stark zu sein.«

Jack antwortete nicht. Josie berührte seinen Arm, aber er reagierte nicht.

»Ah, der starke, schweigsame Typ also.« Gustaf lachte und ging auf Jack zu. »Wie wär's mit einer Runde Armdrücken?«

»Vorsicht, Gustaf«, mahnte Josie, »du Spinner hast keine Chance. Du hast nicht mal Muskeln, verglichen mit ihm.«

Gustaf starrte Josie an. Aber ihr Triumph war kurz.

»Ach sooo«, sagte er, »*das* bist du also für sie.«

Sie. Gustaf redete von Josie, als wäre sie gar nicht im Raum. Sie hoffte, dass Jack es nicht bemerkt hatte.

»Was, Gustaf?« Sie biss die Zähne zusammen und stellte sich zwischen die beiden. »Was genau meinst du, was er für mich ist?«

Jetzt war es Ernst, blutiger Ernst für Josie. Sie hatte keine Ahnung, warum. Weil sie spürte, wie sehr Jack es hasste, überhaupt in diesem Raum sein zu müssen? Hatte sie das zu spät begriffen?

Gustaf drückte ihr einen Schmatz auf den Mund und wuschelte ihr durchs Haar. »Hübsche Bettfrisur, Josie«, sagte er. »Entspann dich, Herzchen. Das Muskelpaket gehört dir, that's all.«

»Wer zum Henker hat diese lahme Musik ausgesucht?«, brüllte eine Stimme. »Hört sich an, als würden wir uns für eine Beerdigung warm machen.«

Fredrik kam in die Küche und knöpfte sich mit einer Hand das frische Hemd zu, während er sich mit der anderen durch das nasse Haar fuhr.

»Schick, oder?«, fragte er in die Runde und nahm den Whisky entgegen, den Gustaf ihm hinhielt.

»Du, Fredrik, wenn wir ein Taxi nehmen, schaffen wir noch eine zweite Runde. Ins Riche, zu den alten Säcken im Noppes, wenn wir nicht irgendwo hängen bleiben, und zum perfekten Abschluss in die Spy Bar. Kommst du mit oder willst du hier so lange rumstehen, bis dir Geheimratsecken wachsen? Die hast du übrigens schon«, bemerkte er und begann, an Fredriks Haaransatz zu zupfen.

»Und was ist mit dir? Warte mal, ich glaube, dein Toupet ist verrutscht!«

»Pfoten weg, Süßer«, erwiderte Gustaf und schlug Fredrik auf die Finger.

»Und das hier? Wir müssen doch aufessen, was du gekocht hast.« Fredrik begann, direkt aus der Bratpfanne zu naschen.

»Ach was, denk nicht an mich, ich bin nur deine Bitch«, erwiderte Gustaf und nahm die Schürze ab.

Angetrunken, aufgedreht und viel zu sehr mit sich selbst beschäftigt, standen sie da, Kopf an Kopf und eng umschlungen.

»Ihr seid echt goldig«, lachte Josie und vergaß Jack für einen winzigen Moment. »Warum seid ihr eigentlich kein Paar?«

»Aber, Darling«, antwortete Gustaf, »wäre das nicht zu anstrengend für dich? Haben wir es nicht schön, so wie es ist? Wir wollen doch nur dein Bestes.«

»Ach ja?«, erwiderte Josie. »So wie eben, als du dich Jack gegenüber wie ein Arschloch benommen hast?«

Josie biss sich auf die Zunge. Aber die Worte waren draußen.

»Jack?« Gustaf zog eine Augenbraue hoch. »Ist das sein Spitzname? Jacky, die Muskelmaschine – was ihm im Köpfchen fehlt, hat er in den Armen! Also, Josie, das ist doch echt unter deinem Niveau … aber ein bisschen Spaß sei dir gegönnt. Ist er im Bett auch so eine Maschine?«

Jack hatte genug. Noch bevor sie es sah, spürte Josie, wie sein ganzer Körper sich mobilisierte. Langsam drehte sie sich zu ihm um.

»Ich hau ab, Josie. Wir telefonieren. Du bist echt toll.«

Gustaf brach in schallendes Gelächter aus, woraufhin Fredrik versuchte, ihn zum Schweigen zu bringen. Jack ging Richtung Treppe.

»Jacky, du bist auch *echt toll!*«, rief Gustaf ihm nach. »Und so stark. Komm zurück, damit wir wenigstens deine Muskeln anfassen können! *Oh my god,* ein richtiger Mann«, seufzte er und sank in gespielter Ohnmacht an Fredriks Brust.

Jack ging und Josies Gehirn setzte aus. Blitzschnell drehte sie sich zu Gustaf und Fredrik um. Die Worte flammten ihr wie Blitze aus dem Mund. »Könnt ihr nicht einfach mal die Klappe halten? Nur ein einziges verdammtes Mal?! Ihr seid solche arroganten Arschlöcher!«

Gustaf sah zu Fredrik, Fredrik zu Josie. Plötzlich nüchtern, wie zwei kleine Schuljungen vorne an der Tafel, bevor sie ein Referat halten sollen. Selbstsicher, lässig und doch irgendwie kleinlaut.

»Sorry, Schwesterchen. Wir haben es wohl einfach nicht geschnallt. War nicht so gemeint.«

Mit zwei großen Schritten war er bei ihr. Er legte die Hand an ihre Wange, schlug ihr mit der anderen leicht auf die Schulter und betrachtete ihre türkisfarbene Trainingshose und die zerzausten Haare.

»Lauf«, sagte er leise.

Aber Josie lief nicht. Sie hörte Jacks Schritte auf der Treppe, sah zu Gustaf und dachte an alles, was gut an ihm war. Seine blauen Augen, die jedes Frauenherz zum Schmelzen brachten, seit er ein kleiner Junge war, und die ihn so oft gerettet hatten. Die glatte bronzefarbene Haut. Die Traurigkeit in seinen Augen, wenn seine Mutter ihm keinen Kuss geben konnte, weil sie gerade neuen Lippenstift aufgelegt hatte, wenn sie ihn nicht umarmen konnte, weil ihre Nägel gerade frisch lackiert waren. Sie hatten schon zusammen im Sandkasten gespielt.

Es war ein ganz anderes Leben, an das sie sich erinnerte, ehe Fredriks Worte bis hoch zu den Deckenbalken dröhnten. »Jetzt lauf schon, Josie! Halte ihn auf!«

Jack

Chaos.

Er zitterte, als er die Grevgatan hinter sich ließ und durch die Winternacht lief. In ihm tobte pechschwarze, beißende Wut. Oder Kummer. Er wusste es nicht so genau und vielleicht spielte es keine Rolle. Er hätte nicht überrascht sein sollen. Wirklich nicht. Trotzdem war er es.

Josie war auf seiner Wellenlänge angekommen, hatte das zickige, aufgedrehte Gehabe abgelegt und war ruhig und offen gewesen. Unwiderstehlich. So sehr, dass er sich gewünscht hatte, es würde nie enden – er erinnerte sich deutlich an das Gefühl.

Aber sie war unter Menschen wie Gustaf aufgewachsen, der alles bekam, worauf er zeigte. Der sich einbildete, er sei mehr wert als der Rest der Erdbevölkerung und habe das Recht, anderen Leuten vors Schienbein zu treten. Ähnlich wie Adrian, aber der war nur gemein zu Leuten, die er mochte. Gustaf hatte sich auf einen Fremden gestürzt. Und mit solchen Menschen hing Josie rum. Das Muster würde nie rausgehen. Auf dem Sofa hatte es nur für eine Weile so gewirkt.

Jack biss sich auf die Lippen, während er weiterging. Zum ersten Mal in seinem Leben war er mit einem Mädchen nach Hause gegangen und hatte die Erfahrung gemacht, dass … dass es genauso sinnlos war, wie er vermutet hatte. Es brachte nichts. Nur jede Menge rissiger Schürfwunden und Wut. Und er hatte keinen Bock auf Streit, keinen Bock darauf, sich über Idioten zu ärgern, mit denen er nie etwas zu tun haben wollte. Es war nicht Josie, auf die er wütend war. Es war die Welt, in der sie lebte. Eine großkotzige, oberflächliche Scheinwelt voller reicher, aufgeblasener Snobs, die den ganzen Tag nichts anderes taten, als ihre Schwänze zu vergleichen und sich wichtig zu nehmen.

Ein Lächeln huschte über seine Lippen.

Nein, es war wirklich nicht Josie, auf die er wütend war. Aber konnte er sie da rausholen? Sie aus einer Welt voller hochnäsiger Intriganz retten?

Sein Lächeln wurde breiter, aber er war immer noch unglücklich. Warum sollte sie mit ihm zusammen sein wollen? Was gab ihm das Recht zu glauben, dass es irgendeine Rolle spielte, was er von den Freunden ihres Bruders hielt? Josie und er waren verschieden, so grundsätzlich verschieden, dass es kaum etwas gab, worin sie zusammenpassten.

Doch, eins vielleicht …

Die Situation in der Diele blitzte durch seinen Kopf, ihre heißen Körper und was sie miteinander getan hatten, wie gierig sie versucht hatten, einander noch näherzukommen, noch enger, noch mehr zu spüren …

Er blickte auf und entdeckte ein Straßenschild. Storgatan. Er war schnell und ohne zu überlegen gegangen, in die ungefähre Richtung zur Sturegalleria und der U-Bahn-Station davor. Aber er musste auf keine Uhrzeit achten, musste nirgendwohin. Zum ersten Mal seit einer halben Ewigkeit. Er war frei. Für einen Abend und eine Nacht. Aber er fühlte sich nicht frei.

Er wollte mit Josie auf dem Sofa liegen, wollte weiter reden und zuhören und ihren Körper an seinem spüren, ihre Lust und die Wärme, ihre …

Er blieb stehen und sah zurück. Wenn sie gewollt hätte, dass er blieb, wäre sie ihm nachgelaufen. Oder hätte sich gemeldet.

Er zog das Handy aus der Tasche. Nichts. Natürlich könnte er ihr eine Nachricht schicken, aber dann müsste er zugeben, was für ein impulsiver Idiot er war, als er einfach abgehauen war. Und außerdem, sie hatten nur diese Nacht. Diese wenigen Stunden. Danach würden sie ins Ausland verschwinden, jeder mit einem anderen Ziel. Es war ein bisschen früher zu Ende, als er gehofft hatte, aber vorbei wäre es sowieso bald gewesen. Warum also sollte er versuchen, sie zu erreichen? Sie war es, die Gustaf in ihre Zweisamkeit eingelassen hatte, deshalb war sie es auch, die sich um ihn bemühen musste.

Er senkte den Kopf und ging weiter, erreichte einen offenen Platz. Östermalmstorg. Da gab es doch einen U-Bahn-Eingang irgendwo. Das weiße Schild mit dem blauen T leuchtete an einem Hausgiebel fast direkt vor ihm.

Das war die Rettung. Der Fluchtweg raus aus Östermalm. Er blieb stehen und straffte die Schultern, plötzlich nicht mehr ganz so sicher. Josie war nicht weit weg und die Erinnerung an diesen Gustaf hatte an Schärfe verloren. Jacks Kiefer spannten sich an, aber er war nicht mehr wütend. Er wollte …

Etwas war in seiner Jackentasche. Er zog den Reißverschluss auf und bekam ein weiches, formloses Knäuel in die Finger – einen himbeerroten Schal.

Scheiße … Das ging ja gar nicht. Wie hatte er das nur vergessen können?

Er machte kehrt. Ließ den U-Bahn-Eingang zurück, ohne auch nur hinzusehen, und ging weiter geradeaus mit immer entschlosseneren Schritten. Ein Stück vor ihm kamen zwei große, breitschultrige Typen aus einer Toreinfahrt und er musste das Tempo reduzieren. Sie gingen mit den Händen in den Taschen, redend und lachend, als gehörte ihnen die Welt. Dicke Mützen und dicke Schals.

Plötzlich tauchte ein Mädchen aus einer Seitenstraße auf. Die Haare zu einem wirren Knäuel hochgesteckt, keine Mütze, keine Handschuhe, in einer kurzen Jacke und türkisfarbener Trainingshose. Ein schneller Blick zu den beiden Typen vor Jack, dann lief sie weiter.

Das war sie. Josie. Sie suchte nach ihm. Sein Herz machte einen Doppelschlag, mit einer Mischung aus jubelnder Freude und noch größerer Erleichterung. Noch war nicht alles verloren.

Jack hob den Arm und wollte gerade ihren Namen rufen.

»Hey, schau mal, der Hase da«, zischte einer der Typen, und als er weitersprach, konnte Jack jedes Wort verstehen. »Geiler Hintern. Und was für eine Bettfrisur. Komm!«

Er sah genau dasselbe wie die beiden Typen, sah Josies Pobacken wackeln und erinnerte sich an das Gefühl unter seinen Fingern. Seine Handflächen wurden heiß. Die Typen vor ihm gingen jetzt schneller.

»Schnuckelchen!«

Josie zuckte zusammen, versuchte aber, so zu tun, als hätte sie nichts gehört.

»Hey, Süße!«

Die Typen fielen in ein Traben, und Jack hörte, wie sie kicherten, als wäre das alles ein Spiel.

»Bleib stehen!«

Und vielleicht war es ein Spiel. Für sie.

»Hab dich nicht so! Wir wissen, was du willst!«

Es war inzwischen so spät, dass kein Mensch mehr unterwegs war. Östermalm war wie ausgestorben. Scheiße.

Josie warf einen Blick über die Schulter und Jack sah einen Anflug von Angst in ihren Augen. Sie fand die Typen kein bisschen witzig. Er auch nicht. Wahrscheinlich niemand auf der Welt, außer den Typen selbst.

»Hey, du könntest wenigstens mit uns reden! Nur kurz. Wir tun dir nichts!« Die Typen liefen ihr grinsend hinterher.

Jack begann zu rennen.

»Was zum Teufel macht ihr da?«, brüllte er, dass es ihm fast die Brust zerriss und von den Häuserwänden widerhallte. »Lasst sie in Ruhe!«

Die Typen blieben stehen und drehten sich um. Sie waren größer als er, breiter und muskulöser. Das war er nicht gewohnt.

»Entspann dich, du Zwerg.« Sie starrten ihn verkniffen unter ihren dicken Mützen an. »War doch nur Spaß.«

Er starrte zurück. Etwas an der Situation kam ihm eigenartig bekannt vor, aber er konnte nicht sagen, was es war. Er blieb vor ihnen stehen, aber außerhalb ihrer Reichweite.

»Siehst du irgendwen lachen?«

Josie war ein Stück entfernt stehen geblieben und sah mit großen, erschrockenen Augen herüber. Aber aus irgendeinem Grund war er nicht besorgt. Angespannt und kampfbereit, aber nicht besorgt. Er hatte schon schlimmere Situationen gemeistert, auf dem Spielfeld und im Leben.

»Ich mach dir 'nen Vorschlag, Alter.« Einer der beiden ging einen halben Schritt auf ihn zu. »Verpiss dich!«

Der andere Typ rührte sich nicht, Jack spürte, dass er ihn beobachtete. Es war, als hätten sie Josie vergessen, als ärgerten sie sich, dass er sie gezwungen hatte zu erkennen, was sie da machten.

Plötzlich verengten sich die Augen des Typs, aber nicht auf drohende Art.

»Jack?«

Er warf einen Blick zu dem Typen, während er gleichzeitig versuchte, den anderen nicht aus den Augen zu lassen. Sie kamen ihm bekannt vor, obwohl nicht viel von ihren Gesichtern zu sehen war.

»Äh … Ja?«

Der eine Typ begann zu lachen und die Anspannung löste sich auf.

»Scheiße, Jack Alvik? Spielst du Mädchenbeschützer mitten in der Nacht? Erkennst du uns nicht?«

Sie schoben ihre Mützen zurück und da sah er es.

»Padde und Johnny.« Er schüttelte den Kopf, brachte aber

ein schiefes Grinsen zustande. »Ihr Vollpfosten! Was macht ihr denn hier? Und was sollte das eben?«

Die beiden waren zwei Typen aus Solna, ein paar Jahre älter als er. Er war ihnen ein einige Male auf dem Basketballfeld begegnet. Sehr talentierte Jungs, aber immer andere Sachen im Kopf.

»Ach, nur ein bisschen Spaß auf dem Heimweg von Zacke.« Der Typ, der Padde genannt wurde, zuckte die Schultern. »Wir wollten ihr nicht an die Wäsche. Das denkst du doch nicht im Ernst?«

Er wusste nicht, was er sagen sollte. Die Gefahr war vorüber, alles war gut gegangen. Vielleicht hatten die Typen sogar eingesehen, dass sie ihr Angst eingejagt hatten.

»Josie!« Er winkte ihr. »Komm her!«

Sie runzelte die Stirn, kam aber langsam auf ihn zu, das Telefon noch in der Hand, einen zögernden Schritt nach dem anderen auf dem verschneiten Bürgersteig.

Padde und Johnny zogen die Augenbrauen hoch und sahen aus, als wollten sie am liebsten abhauen.

»Gehört die zu dir? Scheiße Mann, sorry. Wir hätten die Schnauze gehalten, wenn wir das gewusst hätten. Echt.«

»Ich weiß.«

Er fragte sich, wie sie wohl auf die Idee kamen, dass es okay war, Mädchen zu erschrecken, deren Freund sie *nicht* kannten. Er zeigte auf die beiden.

»Das sind Padde und Johnny. Zwei Trottel, die in Solna spielen.«

»Hattest du Angst?«, fragte Johnny. »Sorry, das war nicht …«

Blitze schossen aus Josies Augen. »Logisch hatte ich Angst! Merkst du noch was?«

Keiner der Typen sagte etwas und Jack legte den Arm um Josie.

»Lass mich!«

Sie stieß seinen Arm weg und er ließ es zu.

»Besser, ihr verzieht euch.« Er drehte sich zu Josie und hörte, wie die Typen davonstapften.

»Danke, dass du mir nachgelaufen bist«, sagte er. »Dass du dich getraut hast.«

Sie hatte die Arme vor der Brust verschränkt und biss sich auf die Lippe. Sah ihn nicht an. Sagte nichts. Aber ihre Augen schwammen in Tränen.

»Ich war ein Idiot, dass ich abgehauen bin. Entschuldige.« Er legte den Arm um sie, und diesmal stieß sie ihn nicht weg. »Es war mein Fehler.«

Eine lange Zeit war es absolut still um sie herum. Dann sank sie an seine Brust.

»Das hat mich an einen Typen erinnert, den ich mal getroffen habe«, murmelte sie in einer Atemwolke. »Ein Verrückter. Alles war sofort wieder da, ich hatte eine Todesangst. Es war wie ein Elektroschock.«

»Aber es war nicht dieser Typ.« Er zog sie fester an sich. »Nur die Blödmänner Padde und Johnny.«

»Was wäre passiert, wenn du nicht …«

»Nichts. Gar nichts.«

Er war sich ziemlich sicher. Die beiden waren nicht die hellsten Leuchten im Lampenladen, aber sie hatten geglaubt, es sei ein Spaß.

»Hast du gegen sie gespielt?«

»Ja, habe ich tatsächlich. Sie hätten richtig gut werden können. Aber stattdessen sind sie so geworden.«

»Bist du besser als sie?«

Ein Lächeln hatte sich in ihre Stimme geschlichen.

»Mhmm … Wir gewinnen meistens gegen Solna.«

»Ist mir egal, gegen wen ihr gewinnt. Bist du besser als sie, Jack?«

Er seufzte.

»Ja, ich bin besser als sie. Viel besser sogar. Warum ist das wichtig?«

»Ich weiß nicht.« Sie legte die Wange an seine Jacke. »Ist es einfach.«

»Und was, wenn ich lüge?«

»Ist mir egal. Ich wollte es nur hören. Du, wegen Gustaf …«

Er versteifte sich und wusste, dass sie es spürte. Als sie weitersprach, war ihre Stimme weicher. »Gustaf meint es nicht böse. Er hat es nicht leicht gehabt, und wenn man ihn erst kennt, ist er richtig nett.«

»Ist mir scheißegal, wie schwer er es gehabt hat. Er hat sich benommen wie ein Arsch, und ich habe kein Interesse daran, ihn jemals wiederzusehen.«

Sie presste die Lippen zusammen.

»Ich verstehe.«

»Nein, tust du nicht. Er hat mich runtergemacht, obwohl er mich noch nie vorher gesehen hat! Ich hätte viel früher gehen sollen. Aber das Schlimmste ist …«

Er verstummte, als ihm klar wurde, was er beinahe gesagt hätte.

»Was, Jack?« Sie hielt den Atem an. »Was ist das Schlimmste?«

Aber es war die Wahrheit. Sie verdiente es, sie zu hören.

Er ließ sie los. »Das Schlimmste ist, dass Gustaf ein Freund von dir ist. Verstehst du? Dein Freund ist ein Mistkerl.«

Als sie die Stirn runzelte, fuhr er fort. »So was färbt ab.«

Ihre Augen wurden schmal. »Auf mich?«

»Ja. Freunde sucht man sich selbst aus, und du hast dir Gustaf ausgesucht. Was sagt das über dich?«

Für einen Moment sah es so aus als wollte sie ihm eine runterhauen. Er rührte sich nicht vom Fleck. Aber sie schlug nicht, stattdessen schüttelte sie den Kopf.

»Du bist schrecklich.«

»Kommt drauf an, mit wem du mich vergleichst. Ich würde nie jemanden fertigmachen, erst recht nicht, wenn ich ihn nicht kenne und er ein Freund der Schwester eines Kumpels ist. Das ist unterste Schublade.«

»Moment, Jack. Nur dass ich das auch richtig mitkriege: Meinst du damit, dass es wegen Gustaf zwischen uns aus ist? Ist es das, was du mir sagen willst?«

Er war drauf und dran, Ja zu sagen. Im Grunde war es das, was er meinte. Er hasste diese Sorte Menschen und wollte nichts mit ihnen zu tun haben. Andererseits …

Er sah Josie an, wie sie da auf dem eisigen Bürgersteig im menschenleeren Östermalm stand, erinnerte sich an alles, was sie in den vergangenen Stunden gesagt und getan hatten, und wusste, dass es ihm nicht über die Lippen kommen würde. Er würde es sich nie verzeihen, wenn sie jetzt auseinandergingen.

»Nein«, sagte er. »Das habe ich nicht gemeint. Ich bin stinksauer auf Gustaf, nicht auf dich. Ich will nicht, dass es …«

Er verstummte und fing noch mal an.

»Ich will nicht, dass es zu Ende ist. Ich will mit dir zusammenbleiben, so lange es geht.«

Noch ehe er wusste, wie ihm geschah, hing sie an seinem Hals. Sie umarmten sich so fest, dass alle Luft aus der Welt gesaugt wurde, und für lange Zeit dachte er überhaupt nichts mehr.

Schließlich beugte sie sich zurück und sah ihm in die Augen.

»Weißt du, was wir jetzt machen?«

Ihr Lachen war zurück, und er spürte, wie sein Herz schneller schlug, als er begriff, was sie meinte.

Josie

»Nö«, antwortete Jack, aber Josie sah das Lächeln, das in seinen Augen spielte.

»Weißt du wohl!« Sie drückte sich wieder an ihn. Jetzt wo die Anspannung nachließ, begann sie, vor Kälte zu zittern. In der nächsten halben Minute würde sie mit den Zähnen klappern und kaum mehr ein Wort rausbringen können. Der Schock würde sie einholen. Die Typen hatten ihr wirklich Angst eingejagt, vielleicht gerade deshalb, weil sie normalerweise vor nichts Angst hatte.

Aber vor allem war es eine andere Angst, die sie jetzt überfiel, als ihr klar wurde, dass sie Jack beinahe verloren hätte. Wie lange war das her, eine halbe Stunde, eine Viertelstunde, dass sie in der Küche gestanden und begriffen hatte, was für eine dumme Kuh sie war? Aber die ganze Sache mit Gustaf war wie Giftgas. Josie hatte gespürt, dass alles ganz schrecklich schieflief, aber nicht erkannt, was der Auslöser dafür war, dass Jack schließlich abhaute. Gustaf und sie waren ja fast wie

Geschwister. Man gibt seine Familie nicht auf, ganz egal, wie unmöglich sie sich benimmt. Obwohl Josie ziemlich bald gemerkt hatte, dass Gustaf Jack nie respektieren würde, war es nicht ihre Aufgabe, ihn zu stoppen, und sie hatte ganz naiv geglaubt, dass Jack das verstand. Wenn man sich von denen abwendet, die man liebt, was bleibt dann noch?

Aber dann war alles so schnell gegangen. Jack war verschwunden, kaum dass sie ihn gefunden hatte. Ein Kitzeln durchlief sie. Wärme im Bauch, seine Wärme, er in ihr. Aber vor allem, als sie geredet hatten. Er hatte sie zu etwas Besonderem gemacht.

Nichts von alldem würde sie Jack sagen, es würde ihn bestimmt dazu bringen, die Humlegårdsgatan hinunterzurennen, als wäre eine riesige Flutwelle hinter ihm her. Aber sie hatte mit der Lupe nach diesem Gefühl gesucht, das Jack und sie geteilt hatten. Okay, sie übertrieb, das tat sie immer.

»Hey, Josie, nicht träumen! Erzähl mir lieber, woran du denkst. Es ist saukalt, warum hast du keine Mütze auf?«

»Ich trage auch keinen Slip!« Sie grinste ihn an.

»Ich weiß«, sagte Jack. »Aber lenk nicht ab. Sag schon, was wollen wir machen?«

Er redete irgendwo oberhalb ihres Kopfes, sie spürte die Vibration seiner Stimme an ihren Haarwurzeln.

»Aber was, wenn ich was Falsches sage und du wieder weggehst?«, murmelte Josie in seine Halsgrube.

»Ich gehe nirgendwohin«, erwiderte er und gab ihr einen Kuss auf die Stirn. »Vertrau mir. Ehrlich, Josie, was sollte denn jetzt noch übrig sein, was so schlimm ist, dass wir nicht darüber reden können?«

Jede Menge, dachte Josie, sagte aber nichts. Jack war so aufrichtig und mutig, sie wäre ganz schön dumm, wenn sie nichts von ihm lernte. Anstatt also über alte Ängste zu jammern, schob sie ihre Hände in die Gesäßtaschen seiner Jeans und lehnte sich ein wenig zurück, sodass sie ihm in die Augen sehen konnte. »Wollen wir es noch mal tun?«, fragte sie.

Aber Jack antwortete nicht. Stattdessen küsste er sie. Küsste sie auf eine Art, dass Josie sich nicht zurückhalten konnte. Ihre Hände krallten sich in seine Pobacken. Sie stolperten, landeten an einer Hauswand, Jack mit dem Rücken an der Mauer. Er ging ein wenig in die Knie, sodass sie auf gleicher Höhe waren. Josie öffnete die Beine, nahm seine Beine in die Mitte. Seine Hände auf ihrem Kreuz, sie glitten unter das Gummibündchen, legten sich auf ihre Hüften, es war, als wären sie völlig nackt. Heißes Blut pulsierte durch ihre Körper.

Und trotzdem, diese verdammte Kälte! Jack raunte ihr mit dumpfer Stimme ins Ohr: »Komm, wir gehen. Wir müssen aufhören, sonst erfrieren wir noch.«

Aber sie wollte ihn nicht loslassen. »Ich will nicht, dass du gehst«, sagte Josie und merkte, wie ihr die Tränen in den Augen brannten. Verdammt. Jack sah es, fasste ihr unters Kinn.

»Hey, ohne dich gehe ich nirgendwohin, okay? Aber vielleicht finden wir was, wo es ein bisschen wärmer ist, damit ich dich ausziehen kann.«

Josie lachte nervös. »Zu mir nach Hause? Was, wenn sie noch da sind, Fredrik und …?« Es fiel ihr schwer, Gustafs Namen auch nur zu erwähnen. Jack lachte, nicht hart, nicht wütend.

»In dem Fall muss ich das Schwein wohl erst k. o. schlagen. Aber keine Angst, das geht ruckzuck.«

Sie lachte, gab ihm einen schnellen Kuss. »Komm mit.«

»Wohin?«, fragte er.

»Zum 7-Eleven.« Josie versuchte, ein ernstes Gesicht zu machen. »Wir kaufen Kondome.«

Jack nahm Josies Hand und zog sie an sich. »Du findest das komisch, oder? Ich weiß, wir haben es schon ohne getan, aber mit Kondom fühle ich mich einfach sicherer.« Er lächelte schief. »Diesen kleinen Pillen traue ich irgendwie nicht.«

»Kannst du aber«, antwortete Josie. »Aber mir gefällt es, dass du so verantwortungsbewusst bist. Und du hast ja recht: doppelt hält besser. Außerdem müssen ja auch nicht nur wir Frauen für die Verhütung sorgen!« Josie grinste ihn an, während sie sich aus der Umarmung löste. »Wer als Erster da ist?«

Jack grinste zurück und rannte los. Er war schnell, sie kam kaum hinterher. Über den Platz, links in die Sibyllegatan, hinunter bis zur Ecke Linnégatan. Vor der Glastür blieb Josie abrupt stehen.

»Du, was deine bescheuerten Freunde vorhin gesagt haben, ob ich …«

Aber Jack fiel ihr ins Wort: »Sind sie nicht.«

»Was sind sie nicht? Bescheuert?« Josie lachte. »Die haben ausgesehen wie Ernie und Bert!«

Jack stand nur da und sah sie an, ließ sie lachen. »Das sind nicht meine Freunde«, sagte er schließlich. »Was ist mit ihnen?«

Josie wurde wieder ernst. »Ich gehöre also zu dir?«, fragte sie. »Sind wir jetzt zusammen oder so was?«

Sie stellte ihn auf die Probe, das wusste sie selbst. Das war vielleicht unklug, aber wenn er jetzt kniff, konnte er genauso gut abhauen. Er hatte es ja schon einmal getan. Sigrid hätte jetzt gesagt, dass sie aufhören sollte, hätte ihr zugeflüstert, dass sie alles kaputt machte. Aber Josie konnte nicht anders.

»Du«, sagte Jack und streichelte ihre Wange mit seiner großen, kalten Hand. »Wir sind hier und jetzt zusammen, oder nicht? Glaubst du, dass du die Tür aufmachen kannst?«

Josie stolperte die beiden Treppenstufen in den Laden hinunter. »Wo sind die?«, flüsterte sie Jack zu.

»Hinter der Kasse, glaube ich.«

»Glaubst du oder weißt du?« Sie sah ihm direkt in die Augen.

»Okay, ich weiß es.«

Jack trödelte ein wenig hinter ihr, blätterte in einer Zeitschrift.

»Wollen wir noch mehr kaufen?«, fragte er und blickte sich im Laden um. Fingerte an ein paar Bonbontüten in einem Ständer herum, bis Josie kehrtmachte und zu ihm zurückging.

»Ich will nichts weiter«, sagte sie.

Plötzlich fingen beide an zu kichern. Aus dem Kichern wurde Gelächter, prustend, ausgelassen.

»Hilfe, ich mach mir gleich in die Hose!«, keuchte Josie.

Jack zog sie an sich und schob eine Hand in ihre Hose, den Po hinunter. Josie gab ein kleines Seufzen von sich, blieb aber stehen. Dann zog Jack die Hand heraus, angelte stattdessen ein abgenutztes Portemonnaie aus der Innentasche seiner Jacke und bat die Verkäuferin hinterm Tresen um eine Schachtel Kondome.

»Jetzt«, flüsterte er, »jetzt aber los.«

Dann brachen sie wieder in Gelächter aus, während die Verkäuferin ihnen »Viel Glück« nachrief, und rannten den ganzen Weg zurück in die Grevgatan.

Erst im Treppenhaus vor dem Fahrstuhl kamen sie zum Stehen und hörten, wie er gerade nach oben fuhr. Josie brauchte Jack nicht anzusehen, um zu wissen, wie angespannt er war.

»Fühlt sich an, als hätten wir das schon mal gemacht«, sagte sie und versuchte, ihn auf andere Gedanken zu bringen.

Sie beide, in der Diele, wie im Fieber. Und unter der Dusche, die Wärme, die von überall kam. Sie hatte immer davon geträumt, es genau auf diese Art zu tun.

»Scheiße, ich dachte, die wollten noch mal weg …«, sagte Jack und trat einen Schritt zurück, während er die Hände in den Jackentaschen vergrub.

»Vielleicht waren sie es gar nicht«, flüsterte Josie ins Dunkel hinein. »Können wir nicht einfach nach oben fahren? Jack, das hier nervt langsam. Außerdem bringst du Gustaf doch sowieso um, falls er noch da ist.«

»Stimmt. Gut, dass du mich daran erinnerst«, sagte Jack und drückte weitere zehn-, fünfzehn Mal auf den Fahrstuhlknopf. »Jetzt komm endlich, du blödes Teil, bring uns direkt in die Hölle, mach schon.«

Wie ein Geisterschiff in der Dunkelheit kam die Kabine auf sie zu. Beide hielten den Atem an. Aber der Fahrstuhl war leer.

»Oder ins Paradies«, sagte Josie, zog das Eisengitter zur Seite und schob ihre Hand unter Jacks T-Shirt.

Aber Fredrik und Gustaf waren nicht noch mal losgegangen, keineswegs. Oder doch, Gustaf jedenfalls. Er stand direkt vor der Tür, mit einer Papiertüte von Tösse in der Hand, und sah aus wie auf frischer Tat ertappt. Jack würdigte ihn keines Blickes, aber seine Körpersprache war dafür umso deutlicher: *Wenn du auch nur ein verdammtes Wort sagst, knallt es.* Gustaf starrte krampfhaft auf seine Schuhspitzen. Stand nur da und sagte keinen Ton und die Tüte baumelte in seiner Hand.

Die Wohnung war dunkel, bis auf tausend kleine Teelichte, die den Weg wiesen. Wohin?

Jack und Josie hängten ihre Jacken auf, ziemlich nervös und verlegen. Josie konnte nicht mal mehr fluchen und Jack war vollkommen stumm. Schließlich mussten sie den Blick in die Wohnung richten. Ganz hinten im Flur stand Fredrik und sah aus wie Jesus, wenigstens lächelte er, als würde er sich für Jesus halten. Josie kannte diesen Gesichtsausdruck nur zu gut.

»Wolltet ihr nicht noch mal weg und kleine Mädchen aufreißen?«, fragte sie mit gespielter Strenge. »Solche, die zu jung sind, um zu wissen, dass Typen wie ihr kaum einen klaren Satz zustande bringen? Wenn euch überhaupt was anderes als Blödsinn einfällt, natürlich.«

Aber Fredrik lächelte nur und trat einen Schritt zur Seite. Josie und Jack gingen auf ihn zu.

»Jack, komm her«, sagte er und zeigte auf das Sofa im Wohnzimmer. »Schnell, Gustaf, leg die Teile auf den Teller.«

Jack und Josie sanken aufs Sofa, ein Stück voneinander entfernt. Aber das fühlte sich blöd an, also rutschten sie dichter zusammen. Jacks Arm flog hoch und landete auf ihrer Schulter. Das war das zweite Mal, dass er seinen Arm so um sie legte. Jack konnte sagen, was er wollte, aber in diesem Moment waren sie ein Paar. Josie zog die Beine aufs Sofa und bohrte ihre kalten Füße, die barfuß in den Stiefeln gesteckt hatten, unter Jacks Oberschenkel. Spürte, wie er sie ein wenig anhob, damit sie es leichter hatte.

Josie blickte auf den Tisch. Nichts zu sehen von den unglückseligen Bratkartoffeln, nur Tee und belegte Brote und außerdem das Gebäck, das Gustaf gerade auf den Teller legte.

»Vanillekrapfen«, sagte Gustaf, der Josies Blick bemerkt hatte. »Seit zartester Kindheit die einzige Versuchung, der unsere junge Josefine nie widerstehen konnte.«

»Falscher Text«, räusperte sich Fredrik an Gustafs Seite und reichte ihm ein zerknittertes Blatt Papier.

»Aber das wollten wir doch nicht ansprechen«, flüsterte Gustaf zurück. »Du hast selbst gesagt, dass ich ihre früheren Liebhaber nicht erwähnen darf.«

»Halt die Klappe«, sagte Fredrik und versuchte, sich das Lachen zu verkneifen. »Lies deine Ansprache vor. Lern verdammt noch mal endlich die Grundzüge der Demut. Was die Demütigung anderer angeht, bist du ja bereits Experte.«

Josie blickte nervös zu Jack, aber er schmunzelte. Erleichtert wagte sie zu fragen, obwohl sie die Antwort schon erraten hatte. »Wo habt ihr die Krapfen her? Doch nicht von Tösse, oder? Echt von Tösse?«

»Jawoll«, antwortete Gustaf stolz, ehe Fredrik ihm ans Schienbein treten konnte. »Ich hab wie ein Verrückter gegen die Ladentür gehämmert, bis eine alte Hexe ohne Perücke im Stockwerk darüber anfing zu zetern. Da hat der Bäcker aufgemacht.«

»Du *bist* ein Verrückter«, lachte Josie. »Ich will gar nicht wissen, was das gekostet hat. Jetzt halt deine Rede und dann zisch ab, okay?«

»Okay, okay, aber tausend Mäuse, nicht mehr und nicht weniger«, sagte Gustaf und blickte plötzlich nervös zu Fredrik. »Muss ich wirklich?«

Fredrik trank einen Schluck Bier aus der Flasche. »Du hast die Scheiße verbockt, also bringst du sie auch in Ordnung.«

Jack lachte. Laut und herzhaft. Josie legte ihre Hand auf seinen Bauch. Sie pfiff auf Fredriks und Gustafs Blicke, ließ die Hand hinaufwandern. Auf dem Brustkorb wollte sie bleiben. Sie passte perfekt dorthin.

»Liebe Josie, verehrter Jack. Mit peinlicher Reue gestehe ich ein, dass ich ein kompletter Vollidiot bin, den man an seinen Eiern aufhängen sollte. Mein guter Freund Fredrik, mein einziger Freund, um ehrlich zu sein, erbarmt sich meiner nur, weil ich Einzelkind bin. Ich war noch nie außerhalb der Stadtgrenze …«

Gustaf wandte sich an Fredrik: »Stimmt doch gar nicht, Mann. In Wahrheit bin ich aus Lidingö.« Aber Fredrik lachte so sehr, dass er Gustaf nur mit einer Handbewegung antrieb weiterzulesen. Gustaf räusperte sich und fuhr fort:

»… und hatte keine Ahnung, dass es an mehreren Orten im Großraum Stockholm Menschen gibt, die weitaus menschlicher sind als ich. Deshalb werde ich in der nächsten Zeit, genauer gesagt im gesamten Winterhalbjahr, keine It-Girls mehr jagen, nicht mehr versuchen, meinem Vater zu imponieren, aufhören, dauernd verkatert zu sein, und stattdessen U-Bahn fahren. Blaue Linie, grüne Linie, alles. Von Anfang bis Ende, ich werde eine Station nach der anderen erkunden. Ich werde an jeder Station aussteigen, mit einer Person reden, ein Stück Obst kaufen, zu Mittag essen und … Verdammt, Fredrik! Das kann nicht dein Ernst sein. Meine Mutter enterbt mich, wenn ich nach Akalla fahre. Hast du kein Verantwortungsgefühl?«

Fredrik ging vor Lachen in die Knie, Jack lachte, Josie lachte. Sie lachte und spürte Jacks Brustmuskeln und ließ ihre Hand zu seinen Schultern wandern.

Schließlich ebbte das Gelächter ab und Jack beugte sich vor.

»Ich werde es dir leicht machen«, sagte er und blickte Gustaf ins Gesicht. »Wenn du es bis nach Abrahamsberg schaffst, lade ich dich zu mir nach Hause ein, dann kannst du bei uns essen. Das Mittagessen spendiere ich, zum Dank für die Krapfen. Aber nur, wenn ihr tut, was Josie gesagt hat, und einen Abgang macht. Jetzt sofort.«

Das war ein bisschen albern, fand Josie, aber trotzdem ganz gut, denn kaum hatte Jack zu Ende gesprochen und sich wieder zurückgelehnt, kamen Fredrik und Gustaf zu ihnen und schüttelten Jack die Hand.

Fredrik beugte sich zu Josie hinunter. »Tu nichts, was ich nicht auch tun würde, Schwesterchen.«

»Und das wäre?«, rief Gustaf, der schon auf dem Weg in die Diele war. »Nenn mir eine verdammte Sache, die du nicht tun würdest!«

Josie hörte, wie sie draußen lachten.

Jack

»Eins noch, Josie.«

Sie saßen immer noch eng nebeneinander auf dem Sofa, als die Wohnungstür ins Schloss fiel. Die Stimmen von Fredrik und Gustaf verschwanden das Treppenhaus hinunter und er wollte aufatmen. Aber noch nicht ganz.

»Was denn?«

Sie hatte offenbar gemerkt, dass es ihm ernst war.

»Gustaf«, sagte er still. »Es war gut, dass er eingesehen hat, was er getan hat, und versucht hat, sich zu entschuldigen.«

Er schwieg.

»Aber?« Sie nahm ihre warme Hand von seiner Brust und setzte sich aufrecht hin.

»Er ist immer noch ein Arsch. Ich werde nicht fies zu ihm sein, falls wir uns noch mal treffen sollten, aber er hat sich einfach scheiße verhalten. Seine großkotzige Wiedergutmachung, dass er mitten in der Nacht losgeht und für einen Tausender Vanillekrapfen kauft, ist einfach lächerlich. Ungefähr so wie die Schnösel, die sich mit Champagner duschen. Ich scheiß drauf, was die Vanillekrapfen gekostet haben, und wenn es eine Million wäre. Geld kann nicht alles wieder einrenken.«

»Aber Gustaf ist wirklich …«

»Ist mir egal, wie süß er dir gegenüber ist. Mir gegenüber hat er sich benommen wie ein Arsch. Und weißt du *eine* Sache über Menschen, Josie?«

Sie zuckte die Schultern. »Ich weiß mehr als eine Sache über Menschen, aber das spielt wohl keine Rolle. Du willst loswerden, was du weißt.«

Sie war zum Lachen aufgelegt, und er meinte sogar, ihr Lächeln erkennen zu können. Aber er konnte nicht umschwenken. Ihm war nicht zum Lachen zumute.

»Menschen, die sich respektlos gegenüber anderen Menschen benehmen, die sie nie vorher gesehen haben, sind Arschlöcher. Werden es immer sein. Es ist viel weniger schlimm, gemein zu jemandem zu sein, den man kennt. Das lässt sich wieder geradebiegen. Aber jemandem ans Bein zu pissen, den man gerade erst kennengelernt hat, ist einfach mies.«

»Du bist ja richtig sauer.«

Er spürte ihre Hand auf seinem Arm und zuckte beinahe zusammen.

»Ja.« Jack zögerte kurz. »Fremden gegenüber muss man nett sein.«

»Du hörst dich an wie Winnie Pooh – zu gut für diese Welt.«

»Ich meine es ernst.«

»Ich weiß, Jack. Aber du hast dich weit entfernt. Merkst du das? Als wenn du bereits weg wärst. Jetzt schon …«

Sie verschluckte den Rest, aber die Wirklichkeit stürzte auf ihn ein. Sie hatten nur noch wenige Stunden zusammen. Und dann? Er wusste es nicht. Keiner von ihnen wusste es.

Ein kleines Stück – und gleichzeitig so weit von ihm entfernt – saß Josie und biss sich auf die Lippe.

»Musstest du das wirklich unbedingt sagen? Das über Gustaf?«

»Ich denke die ganze Zeit daran. Also ja. Ich kann nicht hier sitzen und so tun, als wäre nichts. Du würdest es trotzdem merken. Jetzt weißt du es.«

Sie runzelte die Stirn. »Ehrlichkeit. Ist das dein Ding? Egal, um welchen Preis, egal, was es mit denen macht, die sich das anhören müssen?«

Er musste nachdenken, um eine Antwort zu finden, und er erkannte, dass es ihm gefiel. Es gefiel ihm, dass sie ihn unter Druck setzte.

»Ich bin nur gnadenlos ehrlich zu den Menschen, die ich mag.« Er versuchte zu lächeln. »Weil sie mich verstehen sollen. Weil ich will, dass sie verstehen. Menschen, die mir egal sind, brauche ich die Wahrheit nicht zu sagen.«

Sie verzog keine Miene. »Ich soll also dankbar dafür sein, dass du dich über die Freunde meines Bruders auskotzt?«

»Genau.«

Er strich ihr über die Wange. Sie blinzelte nicht. Sah ihn nur an. »Und wenn ich mich darüber ärgere und dich nie wiedersehen will?«

Er lehnte sich zurück. »Deine Entscheidung. Du weißt jetzt, wie ich denke, und du bestimmst selbst, was du tun willst.« Er lächelte vorsichtig. »Und wie fällt sie aus?«

»Meine Entscheidung?« Sie saß immer noch unbeweglich da. »Ich finde, du bist ein arroganter Arsch, dass du deine Ansichten Menschen aufzwingst, die du gerade erst kennengelernt hast. Menschen, die du vielleicht nie mehr wiedersiehst.«

»Aber das werde ich. Wenn dieser Mensch will – wenn du es willst, Josie.« Er schluckte. »Wie viel Zeit haben wir noch? Wann musst du los?«

Sie warf einen Blick auf das Handydisplay. »Meine Mutter landet um kurz nach zehn in Arlanda. Fredrik und ich holen sie ab.« Es hörte sich an, als hätte sie sich gerade erst dazu entschlossen, in diesem Moment. »Und du?«

»Ich fahre nur nach Hause. Muss keine Uhrzeit einhalten. Morgen ist Heiligabend.«

Bei diesem Kommentar lachte Josie plötzlich auf.

»Hast du dir was Bestimmtes gewünscht?« Sie beugte sich zu ihm. »Etwas Besonderes, von dem du schon ganz lange träumst?«

»Nö, aber wenn ich mir jetzt etwas wünschen dürfte, wüsste ich schon, was es sein sollte.«

»Was?«

Sie war so nah. Das Verlangen, sie zu berühren, schnürte ihm die Brust ein.

»Bist du eine Art Weihnachtsmann?«

»Vielleicht. Teste mich.«

»Also gut. In Abrahamsberg gibt es ein Sportgeschäft, das heißt Roslings. Die haben ein paar neue Lederbasketbälle reinbekommen, die ich unheimlich gerne …«

»Wie bitte?« Sie schüttelte den Kopf. »Was laberst du da?«

»Okay. Wir haben Zeit bis zehn, dann musst du weg. Wenn

ich mir etwas wünschen dürfte, dann dass wir viel länger weitermachen könnten. Bis wir einander satthaben. Oder auch nicht. Verstehst du? Das hier kann nicht in ein paar Stunden vorbei sein.«

»Mhmm …« Eher ein unartikulierter Laut, aber mehr musste nicht gesagt werden.

»Komm.« Er nahm ihre Hände und führte sie unter sein T-Shirt, an seine Brust. »Ich mag es, sie hier zu haben.«

»Gut.« Sie lehnte sich an ihn und ihre Hand glitt über seine Brust, weiter hinunter, über den Bauch. Er hielt den Atem an und dachte daran, was sie gekauft und gesagt hatten. Alles war bereit.

Er küsste sie, weil er sie wirklich küssen wollte. Sie schloss die Augen und der Kuss erwachte zu eigenem Leben. Jack zog sie auf seinen Schoß und verlängerte den Kuss, ihre Beine zu beiden Seiten seines Körpers, ihre Wärme sanft auf ihm reibend, und eine ihrer Haarsträhnen fiel ihm ins Gesicht.

Noch sechs Stunden bis neun Uhr. War es möglich, ein ganzes Leben in sechs Stunden zu pressen?

Er hob ihren Pullover an und sie erstarrte. Dann landete ihre nackte Brust auf ihm. Beide überlief ein Schauer. Er streichelte ihren Rücken und ein dumpfer Laut kam aus ihrer Kehle.

»Du …« Sie sah ihn mit nachtschwarzen Augen an. »Es ist einfacher, wenn wir alles ausziehen.«

»Mhmm …«

Es fiel schwer zu reden, fiel schwer zu denken, er wollte sie einfach nur weiter streicheln. Aber er machte einen Versuch.

»Weißt du noch, was wir gekauft haben?«

»Schlau …«

Er konnte nicht sagen, ob sie das ernst meinte. Er stand auf, musste beide Hände benutzen, um die Jeans zurechtzuziehen, und wackelte davon. Hinter ihm kam sie auf die Beine.

»Beeil dich …«

Ihr Flüstern traf ihn wie ein Windstoß.

Schnell war er wieder zurück. Sie hatte einige von Gustafs und Fredriks Trillionen Teelichte gelöscht und eine Wolldecke geholt. Ihre türkisfarbene Trainingshose lag über der Armlehne des Sofas, zusammen mit ihrem Pullover. Sie hatte die Decke bis zum Kinn hochgezogen, aber die Schultern waren nackt, und das Glitzern in ihren Augen verriet, dass der Rest es auch war.

Er blinzelte und beeilte sich, sein T-Shirt auszuziehen. Seinen Oberkörper zu zeigen, war für ihn kein Problem. Der Rest war schwerer, besonders jetzt vor ihren glänzenden Augen. Als er den Gürtel öffnete, wusste er plötzlich nicht, wie er weitermachen sollte. Er kam sich vor wie ein Stripper, war sich jeder Bewegung peinlich bewusst.

Sie richtete sich im Sofa auf.

»Ich kann dir helfen.«

Die Decke rutschte ein Stück herunter, und er starrte auf die nackte Haut, die sich entblößte, während eine wahnsinnige Lust durch seinen Körper fuhr.

Auf dem Sofa kniend, öffnete sie den Knopf an seiner Jeans und zog vorsichtig den Reißverschluss herunter. Er zitterte, als ihre Hand über seinen Penis glitt, und sie sah es. Ein kleines Lächeln blitzte auf.

»Hast du …?«

Er nickte und hielt ihr die Schachtel hin. Eigentlich waren die Kondome überflüssig, schließlich hatten sie es vorher schon ohne getan. Aber Sicherheit gab Jack ein gutes Gefühl.

Sie nahm ihm die Schachtel ab. Das Lächeln wuchs.

»Zieh die Hose aus und setz dich. Hier, nimm ein Stück Decke. Ich will was ausprobieren. Du musst aber versprechen, nicht zu lachen.«

Er hatte keine Ahnung, was sie vorhatte. Er zog die Jeans und alles andere aus, dann sank er neben ihr aufs Sofa. Seine Erregung war nicht zu übersehen und der Puls hämmerte durch seinen Körper.

Sie öffnete die Packung und holte ein Kondom heraus. Betrachtete es neugierig, dann riss sie die Plastikhülle auf und nahm das Gummi heraus. Sah ihn an.

»Schon mal ein Gummi mit dem Mund übergerollt?«

Das also war es. Ein heftiges Kribbeln fuhr durch seinen Bauch.

»Nein, so gelenkig bin ich nicht«, antwortete er und musste plötzlich auch lachen.

Sie strich sich eine Strähne aus dem Gesicht und ihr Blick wurde schärfer.

»Denkst du, das geht? Darf ich es versuchen?«

»Weiß nicht …« Er lachte immer noch, auch wenn es ihn nervös machte. »Probieren wir's.«

Er ließ sich gegen die Rücklehne des Sofas fallen und betrachtete ihren nackten Körper im Schatten der Decke. Musste sich zwingen, tief durchzuatmen und an etwas anderes zu denken – ohne Erfolg. Sie füllte sein ganzes Bewusstsein aus.

Mit nachdenklichem Blick nahm sie das Kondom in den

Mund und beugte sich über ihn. Er zog die Decke weg und sie drückte die Lippen auf seinen Bauch, weich und feucht. Er schnappte nach Luft und merkte, wie er zuckte, dicht unter ihrer Wange.

»Vorsichtig …« Ihr Atem kitzelte und ließ ihn weiter zucken.

Sie hob den Kopf und nahm das Kondom aus dem Mund. Lächelte schief. »Soll ich aufhören?«

»Nein, nein …« Mit einer Mischung aus Lachen und Lust. »Mach weiter …«

Sie griff mit warmer Hand nach seinem Ständer und er erstarrte. Dann senkte sie den Kopf. Er schloss die Augen und wartete. Ihre Lippen schlossen sich um seinen Penis und er keuchte auf.

Er spürte, dass sie lächelte, spürte die Bewegungen ihres Mundes und ihren flatternden, heißen Atem, dann etwas, das keine Lippen, kein Atem, keine Zunge oder gar Zähne war. Eng, fremd … Gummi. Nein, Kondome waren wirklich nicht sexy. Aber sie war es umso mehr.

Er legte die Hände vorsichtig auf ihre Locken, und die Vorstellung, wo sein Schwanz sich jetzt befand, ließ ihm das Herz in der Brust flattern.

»Du schaffst das … oder?«

Sie drehte den Kopf ein wenig und das Kondom verrutschte. Er spürte es deutlich. Sie schob es wieder zurecht und ihre Lippen schlossen sich so eng, dass es ihm vor den Augen flimmerte, aber als sie versuchte, das Gummi abzurollen, ging alles schief. Sie holte tief Luft, den Mund immer noch um seinen Schwanz, und änderte die Stellung. Ihre Brüste strichen sanft über seine Oberschenkel und er spürte die harten Brustwarzen.

Sie brachte sich wieder in Stellung, machte einen neuen Versuch. Es klappte nicht. Noch mal. Sie war verdammt dicht dran, es zu schaffen, er spürte überdeutlich, wie dicht dran sie war. Aber jedes Mal musste sie von vorn anfangen. Ihre Bewegungen wurden ein wenig steifer.

Er strich ihr über die Wange. »Kommst du klar? Du musst das nicht tun.«

Plötzlich fiel es ihm schwer, ernst zu bleiben. Sie antwortete nicht. Noch ein Versuch. Noch mal tief Luft holen.

»Hartnäckig bist du, das muss man dir lassen. Das ist gut. Aber …«

Wieder rutschte sie ab und diesmal richtete sie sich auf. Spuckte das Kondom in die hohle Hand.

»Mann, ist das schwer!«, seufzte sie mit wildem Blick. »Ich krieg gleich die Krise!«

Er legte die Arme um sie und plötzlich lachte sie laut los. Ein Glück. Denn er hätte es nie geschafft, noch länger ernst zu bleiben.

Sie lachten so sehr, dass sie hicksten, lachten so, dass sie auf dem Sofa umfielen, mit der Decke halb über sich und der Wärme von all den Teelichten um sich herum.

Josie

Wo war er hergekommen?

Wenn jemand Josie am Morgen geweckt und ihr gesagt hätte, sie müsse schnellstens aufstehen, denn sie werde in die Stadt gehen und sich mit einem wahnsinnig mies gelaunten Sportfreak um einen hässlichen Schal streiten, ihn bis in einen Vorort verfolgen, in den sie sich wohl kaum jemals wieder verirren dürfte, mit ihm in einem Café sitzen und Schmetterlinge im Bauch spüren, weil sie merkt, dass sie eigentlich auf ihn abfährt – dann hätte sie sich einfach umgedreht und weitergeschlafen. So etwas war Märchenstoff, nicht möglich, nicht einmal in ihrem Leben. Josefine af Lilja, manchmal wurde sie ein bisschen betriebsblind durch all das, was sie normalerweise erlebte: Reisen um die Welt, Dinnerpartys mit Prominenten, die zum Freundeskreis ihres Vaters zählten, tausend Dinge, von denen die allermeisten Leute nur träumen konnten. Und dann war dieser Typ mit der Weihnachtsmannmütze aufgekreuzt und hatte angefangen, alles infrage zu stellen, was Josie ausmachte. Jack hatte nicht nur schlecht über Gustaf geredet, er hatte eine Art Zwangssyndrom, das ihn dazu brachte, gemeine Sachen zu sagen. Wahrheiten? Vielleicht hatte es sie gereizt, das herauszufinden, vielleicht hatte sie ihn deshalb nicht in den Wind geschossen, wie sie es eigentlich hätte tun sollen, sondern sich mit ihm auf dem Hötorget verabredet. Ein verlassener, winterweißer Platz in einem eisig kalten Stockholm. Josie war es so heiß geworden, als sie ihn ansah, dass sie sich alle Klamotten hätte vom Leib reißen können, und ihrer Erfahrung nach waren es die körperlichen Reaktionen, die zählten. Der Verstand ließ sich überlisten. Der Körper nicht.

Im Moment lief er auf Hochtouren. Das Lachen war verebbt. Hier und da noch ein Kichern und Seufzen, dann konnte selbst Jack nicht mehr. Er war ein richtiger Lachsack. Jetzt prustete er noch einmal und sah Josie an. Sie lag unter ihm. Er war schwer, viel schwerer als sie. Trotzdem hätte sie es nicht anders haben wollen. Josie spürte Jacks nackten Körper an ihrem und er musste es im gleichen Moment gespürt haben. Sie hielten beide inne, mitten in einem Atemzug.

»Weißt du was?«, sagte Josie und blickte auf Jacks Lippen. Sie wollte ihn küssen. Wollte seine Lippen schmecken, nicht nur in wilder Gier versuchen, ihn an sich zu reißen. Das hatte sie ja schon getan, die Erinnerung daran jagte ihr eine Gänsehaut über den Rücken. Wie lange würde sie so empfinden? Josie fegte den Gedanken beiseite.

»Ich habe wie üblich keine Ahnung, wovon du redest«, antwortete Jack. Es dauerte eine Sekunde, bis ihr klar wurde, dass er sie aufzog, sie liebevoll neckte, und wahrscheinlich würde sie immer darauf hereinfallen. Wenn es denn ein »immer«

gab. Sie hatten sich gleichsam aus dem Bauch heraus entschieden, noch ehe es etwas zu entscheiden gab. Was immer dieser Gedanke nun damit zu tun hatte. Das Licht flackerte, Mittwinter machte die Nacht lang. Für eine kleine Weile gehörte die Nacht ihnen allein.

Ob er es wohl auch so sehr will wie ich?, dachte sie.

»Ich möchte dich küssen, wenn es ganz still ist, denn ich muss mich konzentrieren, damit ich es in Erinnerung behalte«, sagte Josie und konnte ihre Hände nicht daran hindern, an seinen Beinen hinunterzuwandern. Hinunter zu den Kniekehlen, so weit die Arme reichten. Aber sie steckte unter ihm fest und der Gedanke gefiel ihr. Ihre Hände wanderten über seine Hüften, hinauf zu seinem Hintern. Sie hörte, spürte, wie er nach Luft schnappte.

»Lass dich von mir nicht stören. Ich muss nicht reden«, hauchte er, und sein Atem war so nah, dass es ihr eigener hätte sein können.

»Wirst du dich an mich erinnern?«

»Ich werde nie aufhören, mich an dich zu erinnern«, flüsterte er zurück. Schlang seine Arme um sie, rollte mit ihr herum. Josie auf Jack. Sie spürte ihn unter sich, ganz und gar. Komprimierte Gegenwart, als würde alles im Leben in diesem Moment passieren.

»Müssten wir nicht über was Wichtiges reden?«, fragte Josie in dem verzweifelten Versuch, die Zeit anzuhalten.

Aber Jack las ihre Gedanken. »Hey, bleib hier«, erwiderte er und bewegte sich unter ihr.

Er war hier und er wollte sie. Man musste schon blind und gefühlstaub sein, um das nicht zu merken.

»Wieso bist du so mutig?«, fragte Josie. »Du bist ganz anders als alle Typen, die ich je kennengelernt habe.«

»Müssen richtige Idioten gewesen sein«, antwortete Jack und umfasste ihre Hüften. »Wie kann man mit dir zusammen nicht mutig sein?«

Darauf kam keine Antwort, und jetzt war er es, der seine Hände über ihren Po wandern ließ, kniff, festhielt. Josie machte einen tiefen, zitternden Atemzug.

Er war ihr jetzt so irrsinnig nah. Nichts auf der Welt hätte sich zwischen sie schieben können. Josie richtete sich auf. Beugte sich leicht über ihn, sodass ihre Brüste seine Brust berührten. Jack zitterte beinahe. Sie auch, aber er wusste nicht, noch nicht, dass er gerade ihr Allerempfindlichstes berührt hatte. Sie erstarrte, gefror, erschauerte.

»Du sagst Dinge mit einer Selbstverständlichkeit, als würdest du gar nicht darüber nachdenken, ob du es wagen kannst oder nicht. Als würdest du dich nie um etwas so Blödes kümmern wie darum, ob irgendwas cool klingt«, fuhr Josie fort und sah direkt in Jacks Augen.

Sah ihm direkt in die Augen und spreizte die Beine noch etwas mehr. Richtete sich auf. Spürte, wie nichts mehr zwischen ihnen war.

Jacks Hände um ihre Taille. Die Decke glitt herunter. Josie fröstelte. Jack sah es und versuchte, sie ihr um die Schultern zu legen, doch sie schüttelte Kopf und Schultern, und die Decke fiel wieder herunter. Sie hatte ihren Atem nicht mehr unter Kontrolle.

Wieder der Gedankenleser. »Bist du aus der Puste?«

Sie wollte ihm gerade eine scharfe Antwort geben, als sie

sein Lächeln sah, und dann hörte sie die Worte. »Komm. Komm zu mir.«

Josie beugte sich zu ihm hinunter. Ihr Rücken ein Bogen, ihre Lippen auf seiner Haut, ihre Stirn auf seiner Brust.

Josies Lippen und ihre Zunge bewegten sich auf seine Halsgrube zu. Sie legte das Ohr an sein Herz.

»Es schlägt«, flüsterte sie.

»Es schlägt für dich«, flüsterte er zurück. »Komm her, ich will dich küssen.«

Und dann küsste sie ihn. Und da küsste er sie. Keine Zähne, die zusammenstießen, alles wusste, wo es hingehörte. Die ganze Wärme von Jack und die ganze Wärme von Josie und nun war kein Widerstand mehr da. Vorsichtig setzte sie sich zurecht. Vorsichtig landete er dort, wo er hinsollte. Nicht ganz so vorsichtig landeten sie so nah beieinander, wie man nur sein kann, wenn man sich liebt. Und so war es ja.

JACK

Er war wach. Hellwach. Das war er ja hinterher immer, wenn der Himmel explodiert und auf die Welt herabgeregnet war. Die Gedanken flossen durch seinen Kopf, und er liebte es, mitten in diesem Gedankenstrom zu stehen und alles vorüberziehen zu lassen. In aller Ruhe.

Sie lag auf der Seite, mit dem Rücken zu ihm. Die blonden, zerzausten Locken und der Nacken so merkwürdig schutzlos.

Sie war danach langsam eingeschlafen. Ihre Atemzüge wurden tiefer und ruhiger, das Herz langsamer, der Körper entspannte sich. Es war überwältigend. Erfüllte ihn mit Zärtlichkeit und dem ein wenig albernen Wunsch, sie zu beschützen.

Zwölf Stunden früher hatte sie in seiner Welt nicht existiert. Elf Stunden früher war sie eine aufgedrehte, verwöhnte Zicke gewesen, die glaubte, sie könnte mit ein bisschen Wimpernklimpern jeden Typen um den Finger wickeln. Aber auch süß auf eine beinahe irritierende Art. Mit überraschend starkem Willen. Und mit einem Humor, gegen den seine Abwehr machtlos war.

Die Verwandlung hatte begonnen, als sie einander mit dem Schal jagten, und sich zu einem Flächenbrand ausgeweitet, als sie ihre SMS-Salven abfeuerte. Er hatte eine Schwäche für diese Art von Humor und er unterhielt sich gerne. Er hatte nur nicht gedacht, dass er das mit einer wie ihr tun würde – oder besser gesagt mit der, für die er sie gehalten hatte.

Er schmiegte sich eng an ihren schlafenden Körper, ihr Schulterblatt an seiner Brust und ihre Pobacken an seinem Bauch.

Vielleicht war es sogar ihr High-Society-Gehabe gewesen, das dafür gesorgt hatte, dass er mit ihr reden wollte. Ein Bedürfnis, alles Oberflächliche abzukratzen und zu ihr vorzudringen. Und sie hatte es ihm erlaubt. Hatte sich geöffnet und ihn ganz nah an sich herangelassen. Hatte weiterhin gelacht, hatte ihn weiterhin angesehen mit diesem besonderen Blick. Hatte ihm das Gefühl gegeben, auserwählt zu sein.

Er hatte so ein Glück gehabt.

Ihr Bruder Fredrik und dieser Gustaf waren eine kalte Dusche gewesen, eine, die ihn aufgeweckt hatte. Es konnte eben nicht alles perfekt sein. Fredrik und Gustaf waren der beste Beweis. Wenn er die beiden für den Rest seines Lebens nicht mehr wiedersah, würde ihm nichts fehlen.

Josie dagegen …

Er legte einen Arm um sie und zog sie vorsichtig an sich.

In wenigen Stunden würde das hier zu Ende sein, und das war ganz unvorstellbar. Er schnupperte an ihrem warmen Nacken und hörte, wie ihr Atem kurz flatterte, ehe sie wieder in den Tiefen des Schlafs versank. In ein paar Stunden würde sie aufbrechen, um ihre Mutter vom Flughafen abzuholen, und er würde in der U-Bahn sitzen und nach Hause fahren. Das Leben, wie es vor zwölf Stunden gewesen war, würde weitergehen, als hätte es Josie nie gegeben.

Training, schlafen, essen, Schule, Training, schlafen, essen … Das Dasein als Basketballmaschine.

Doch es hatte sie gegeben. Sie lag neben ihm, und er hatte ihr in die Augen gesehen, in dem Moment, als alles explodierte und das Leben vollkommen war. Aber da war noch so viel mehr, so viele Gespräche, die geführt, und so viel Gelächter, das geteilt werden wollte.

Er würde sich in die U-Bahn setzen und nach Hause fahren und sein Leben weiterführen. Er hatte es geschafft, als Ayla mit ihm Schluss gemacht hatte, und er würde es wieder schaffen. Aber er wollte das nicht. Fragte sich nur, was sie wollte.

Die nächsten Wochen würden ein Chaos werden. Erst Weihnachten und dann sie in die USA und er nach Spanien.

Aber danach? Was dann? Was würde noch übrig sein, wenn sich ein neues Zeitfenster öffnete und sie sich wiedersehen konnten?

Schlagartig wurde ihm bewusst, dass er jetzt gehen könnte. Sich den Arm abbeißen, auf dem sie lag, in seine Klamotten steigen und sich aus der Wohnung in der Grevgatan schleichen. Er war ja schon zweimal davongelaufen.

Beide Male hatte sie sich gemeldet und dafür gesorgt, dass es zwischen ihnen weiterging – etwas, das er nie getan hätte.

Aber er hatte sich verändert. Diesmal hatte er nicht vor abzuhauen. Er würde bei ihr bleiben, solange es irgend ging.

Er schob einen Arm unter ihre Brust und drückte seine Lippen auf den entblößten Nacken. Aber das genügte nicht. Es war wie ein Juckreiz.

Und die Zeit verging so wahnsinnig schnell. Er schielte zu der schwach leuchtenden Zeitanzeige an der Musikanlage.

05:12 Uhr, weniger als vier Stunden bis neun.

Sie zuckte zusammen, ein Zucken, das verebbte, kaum dass es begonnen hatte, und in ein lautloses Lachen mündete. Wie ein Ausatmen.

»Hilfe.« Sie streckte sich vorsichtig. »Ich habe geträumt, du wärst gegangen und ich würde nie mehr eine Chance haben, dich …«

»So leicht wirst du mich nicht los«, murmelte er mit den Lippen an ihrem Hals.

»Gut«, flüsterte sie und drehte den Kopf. »Wie spät ist es?«

Er warf einen Blick quer durchs Zimmer.

»Fünf Uhr dreizehn.«

»Mist, ich wollte nicht einschlafen. Du hättest mich wecken sollen.«

»Du bist wunderschön, wenn du schläfst.«

»Danke …« Sie streckte einen Arm nach hinten und strich über sein Bein. »Was machen wir jetzt? Viel Zeit bleibt uns nicht mehr.«

»Ich wüsste da schon was.«

»Das merke ich. Und danach?«

»Darüber brauchen wir uns jetzt noch keinen Kopf zu machen. Vier Stunden sind eine Ewigkeit. Vergiss nicht, dass wir uns erst seit zwölf Stunden kennen. Vielleicht haben wir uns bis dahin satt und dann …«

Sie erstarrte. »Glaubst du das wirklich?«

»Nein. Aber wir müssen jetzt noch nichts entscheiden.«

»Du hast recht.« Sie zog ihn an sich und atmete aus. »Krieg jetzt keinen Schreck, Jack, aber wenn wir ein bisschen älter wären … dann würde ich dich auf der Stelle heiraten und Kinder mit dir kriegen.«

Sie drehte sich um und sah ihn mit glänzenden, wachen Augen an. »Ist das nicht verrückt? Dabei will ich überhaupt keine Kinder!«

»Es ist verrückt. Andererseits …« Er schüttelte den Kopf und wusste nicht recht, wie er fortfahren sollte. »Andererseits unglaublich süß. Ich verstehe sogar, was du meinst. Und ich will auch keine Kinder. Glaube ich.«

Sie brachen beide in Gelächter aus, lachten und lachten, bis sie nebeneinander auf dem Rücken lagen.

»Apropos Kinder.« Sie blickte sich um. »Wo hast du …«

Sie zögerte und er hob die Schachtel vom Boden auf.

»Hier.«

Sie nahm ein Kondom heraus. Kicherte plötzlich.

»Soll ich es noch mal versuchen? Oder hast du genug davon?«

Er lachte immer noch.

Vielleicht war das Lachen eine Art Flucht vor dem Unvermeidlichen, das sie in wenigen Stunden erwartete. Aber er floh gerne zusammen mit ihr. Egal wohin.

Josie

Die Zeit. Für sie, gegen sie. Jetzt war sie zu Ende. Josie sah ihn an. Riss sich aus seinen Armen los, sprang aus dem Bett. Spürte, wie sich Wirbelströme der Leere um sie herum bildeten. Dort, wo seine Arme sie gehalten hatten, dort, wo seine Worte sich eingeschlichen und in ihrem Bewusstsein eingenistet hatten. Josie fror so sehr, dass es sie fast in Stücke riss.

Irgendwann zwischen sechs und sieben waren sie in ihr Zimmer gegangen. Fredrik kam nach Hause gepoltert, wahrscheinlich direkt von der Spy Bar mit Zwischenstopp am Nybrogrill, um sich irgendwas Fettiges reinzupfeifen, während das Taxi mit laufendem Taxameter wartete. Sie hatten gehört, wie er fluchend am Türschloss herumgestochert hatte, dann war er hereingestolpert und hatte, als er sie zusammen auf dem Sofa sah, irgendeinen Spruch abgelassen. Jack war erstarrt, aber Josie hatte seinen Nacken gestreichelt und ihm zugeflüstert, dass alles okay war. Fredrik würde sich an nichts von alldem erinnern und außerdem war er lammfromm ohne

Gustaf. »Wicked nice«, hatte Fredrik gesagt und plötzlich nüchtern gewirkt. Jedenfalls fast. Er hatte seine Schuhe in die Ecke geschleudert und dann eine ganze Weile auf den Boden gestarrt und den Kopf geschüttelt, als könnte er nichts daran ändern, dass ein paar Stunden zuvor alles so schiefgelaufen war. Anschließend hatte er von einem zum anderen gesehen und geseufzt.

»Sorry, Jack«, hatte Fredrik gesagt und ein paar Schritte ins Wohnzimmer hineingemacht, wo sie auf dem Sofa lagen. Dann hatte er sich über sie gebeugt, und Josie hatte schon ihr Bein angewinkelt, bereit, ihn wegzustoßen. Aber Fredrik hatte nur nach einer Decke gegriffen, die von einem Sessel gerutscht war, hatte sie zusammengelegt und über die Armlehne gehängt. Dann hatte er seine Aufräumrunde fortgesetzt. Er hob die Kondomschachtel vom Fußboden auf, legte sie auf den Tisch und sammelte ein paar ausgebrannte Teelichte zusammen, während Jack und Josie ihm mit angehaltenem Atem dabei zusahen.

Mitten in einer Bewegung hielt Fredrik inne. »Wir haben uns vorhin benommen wie Arschlöcher, Gustaf und ich. Meine Schwester ist der liebste und beste Mensch auf der ganzen Welt. Wir waren einfach eifersüchtig, dass sie die Zeit lieber mit dir als mit uns verbringen wollte.«

Etwas war passiert in diesem Augenblick zwischen Nacht und Morgen. Zwischen offenen Horizonten und verschlossenen Türen. Jack hatte Fredrik angesehen, ein wenig gelächelt und gesagt, es sei schon okay. Fredrik hatte genickt. Das war nicht viel, dachte Josie, aber immerhin etwas.

Fredrik hatte sich umgedreht und angefangen zu singen.

Jack hatte den Kopf wieder auf die Armlehne gelegt. »Ich komme wieder«, hatte Josie geflüstert, vielleicht mehr zu sich selbst, denn ihr brach das Herz. Sie spürte, wie die kleinen spitzen Scherben aus sprödem Glas in ihrer Brust stachen.

Josie hatte Fredrik die Wendeltreppe hinaufbugsiert, hatte gelacht und geflucht und versucht, ihm zu erklären, dass er ein verdammter Loser war und nicht zum Flughafen fahren könne.

Trotzdem war das ihre Rettung, denn jetzt musste sie fahren, auch wenn sie nicht durfte, aber Not kennt kein Verbot. Wenn sie allein in der großen Wohnung hätte bleiben müssen, nachdem Jack weg war, hätte die Dunkelheit sie verschlungen. »Jetzt schlaf, du Idiot, morgen ist alles gut«, hatte sie geflüstert. Fredrik fiel samt Klamotten aufs Bett, und noch ehe sein Kopf das Kissen erreicht hatte, schlief er tief und fest.

Josie war die Treppe hinuntergerannt, zurück zu Jack. Sie sog das Bild in sich auf, wie er dasaß mit nacktem Oberkörper und heruntergerutschter Decke und so süß war, dass sie hätte sterben können. Mit einem Aufschrei sprang sie aufs Sofa und warf sich auf ihn.

»Mein Ego wird nie über das hier hinwegkommen«, kicherte sie in sein Ohr. »Komm, wir gehen in mein Zimmer.«

Nicht der kleinste Lichtstreif am pechschwarzen Mittwinterhimmel, nur die Mondsichel, die über sie wachte.

Sie hatten geredet und geredet, eng aneinandergekuschelt. Sie brauchten sich nicht in die Augen zu sehen, sie hatten schon in die Seele des anderen hineingefunden. Jack hatte ihr von seinen Träumen erzählt.

»Du bist verdammt durchtrieben«, hatte Josie gesagt und es

auf eine positive Art gemeint. »Ich habe noch nie jemanden wie dich getroffen. Ich möchte nicht in der Haut eines Menschen stecken, den du nicht magst.«

Er hatte sie angesehen, als versuchte er zu verstehen, ob das gut oder schlecht war. »Es ist irrsinnig gut, Jack, ich liebe es genau so. Ich will zusehen, wie du spielst, es ist bestimmt mitreißend, dich so schonungslos auf dem Spielfeld zu sehen. Hinterher müssen wir es dann in einer Klokabine treiben, das ist dir klar, oder?« Josie hatte weitergeplappert, obwohl das Wort zwischen ihnen in der Luft hing. Treiben. Sie passten zusammen, das verstand sich irgendwie von selbst.

»Erzähl«, hatte Jack sie gebeten, »worauf fährst du ab? Speed?«

Josie hatte versucht, ihm ihr Leben zu erklären. Wie es war, auf eine Schule mit verrückten englischen Zicken zu kommen, die noch nie etwas von Integrität gehört hatten und sich an jedem Kerl rieben, der nicht bei drei auf den Bäumen war; dass ihre Mutter wieder zurück nach Schweden ziehen musste, weil ihr bescheuerter Ex ihren Traum von einem Leben in London zerstört hatte; von der Kraft, die darin lag, dass Josie immer allein zurechtkommen musste, weil man sich auf niemanden verlassen konnte. Nicht, weil die anderen unzuverlässig waren, sondern weil alle immer zuerst an sich selbst dachten. So war das eben.

Jack hatte Josies Haarsträhnen um seine Finger gewickelt. Sie hatte ihre Finger über seinen Körper, sein Gesicht wandern lassen. Sie hatten sich angesehen und gelacht, hatten gewusst, dass sie beide dasselbe taten: dass sie versuchten, den anderen in sich aufzubewahren.

Aber dann waren sie eingeholt worden. Von der Zeit. Es war halb neun, draußen war es hell. Schnee fiel vom Himmel.

»Jetzt werden die Tage wieder länger«, murmelte Jack versuchsweise, als Josie vom Wecker auf dem Nachttisch zum Fenster sah.

Der Himmel war explodiert, und dennoch war er da, als wäre alles wie immer.

»Mhmm«, machte sie. Sie musste sich anziehen. Bald würde sie ihm nicht mehr gehören. Peinliches Schweigen würde in ihre Vertrautheit kriechen. Geheimnisse konnten aller Vertraulichkeit entkleidet und als Bosheiten wie auf eine Wäscheleine herausgehängt werden. Oder auf Facebook. Josie konnte sich nicht vorstellen, dass Jack so einer war. Und wenn doch, wäre diese Nacht dann ein Fake gewesen? Seine Zunge, die gleichsam ihre Zähne gezählt hatte, seine Fragen, die keine Ruhe gaben, bis sie die Wahrheit sagte.

»Reiß dich zusammen, Josie!«, zischte sie sich selbst zu, während sie im Schrank ihre Sachen zusammensuchte. Slip, BH, Socken, Rollkragenpullover, weite Boyfriendjeans. Sie baute jetzt Mauern, himmelhohe. Er würde gehen und sie würde bleiben. Scheiße, scheiße, scheiße. Wenn er etwas von ihr mitnahm, ohne mindestens die Hälfte von sich dazulassen?

Aber Jack sah es. Er musste gesehen haben, dass sie unter all den Klamotten in sich selbst verschwand. Plötzlich stand er hinter ihr. Völlig nackt, als wäre es das Normalste der Welt. War es ja auch.

»Hey, Josie, das hier ist nicht das Ende. Ich lasse dich nicht los, bevor du es selbst willst.«

»Niemals«, flüsterte sie in sein Ohr. Beide merkten, wie ihre Tränen über seine und ihre Wangen liefen.

Das war zu viel für sie beide. Zu viel, es reichte jetzt. Alles war gesagt. Alles, was sie brauchten, um es weiter zu versuchen.

»Weck deinen nervigen Bruder«, sagte Jack, küsste sie auf die Stirn und schob sie von sich.

Keiner von ihnen wollte etwas essen. Josie brühte einen Kaffee für Jack, die Tasse stand auf dem Bartresen zwischen ihnen und kühlte ab. Sie kramte eine Flasche Cola aus dem Vorratsschrank. Warm, aber immerhin. Er nahm sie ihr ab und behielt sie in der Hand. Keiner sagte etwas. Dann ging Josie nach oben, um Fredrik zu wecken, und Jack setzte sich aufs Sofa, auf dem so viel passiert war, gestern vor hundert Jahren.

Vor Fredriks Schlafzimmer blieb Josie stehen und blickte hinunter zu Jack, der eine Fernbedienung unter einem Sofakissen hervorholte. Merkte er, dass sie ihn ansah? Er wirkte hier schon wie zu Hause, oder war es seine innere Ruhe, die dafür sorgte, dass er sich so ungezwungen benahm? Jack begann, planlos zu zappen. Konzentriert versuchte Josie, sich in seinen Kopf hineinzudenken. Hatte er alles von Ayla erzählt? Josie schüttelte sich, nein, sie war nicht eifersüchtig. Sie wünschte sich nur, dass er drüber hinwegkam, dass ihre Unterhaltung vielleicht geholfen hatte, ein paar Wunden in ihm zu schließen. Eifersucht war nicht ihr Ding, aber sie würde jeden umbringen, der ihm etwas zuleide tat.

Sie riss Fredriks Tür auf. »Hoch mit dir, du jämmerlicher Säufer, wir müssen MT abholen. Du gehst unter die Dusche und dann isst du eine ganze Tube Zahnpasta. Doppelter Espresso?«

Fredrik stöhnte. Normalerweise war es nicht möglich, ihn zu wecken, nicht nach so viel Alkohol und so wenig Schlaf. Mit einem Auge sah er sie an. »Warum willst du überhaupt mitkommen, Josie? Ich kann fahren, nein, falsch, aber ich kann mir ein Taxi nehmen, und du kannst erledigen, was du erledigen musst.«

Josie sah ihren Bruder an. Bekam auf einmal Lust, zu ihm ins Bett zu kriechen, sich der Länge nach neben seinen stinkenden Körper zu legen und so zu tun, als wären sie klein und die Welt ein sicherer Ort.

»Nein, ich will los, komm jetzt«, sagte sie stattdessen und versuchte, ihm die Bettdecke wegzureißen. Irgendwie musste er es geschafft haben, sich auszuziehen und ordentlich zuzudecken, nachdem sie ihn ins Bett gebracht hatte. Aber Fredrik war schnell, er hielt ihre Hand fest.

»Josie, lauf nicht weg. Ich sehe dir doch an, wie sehr du ihn magst. Bleib hier, mach die Sache klar. Von MT und mir hast du in L.A. noch genug.«

Josie blickte zur Tür, fragte sich, ob Jack das gehört hatte. Sie wollte, dass er es hörte, wissen sollte, so verzweifelt, dass es ihr wie Messer in die Unterarme schnitt. Sie kannte Mädchen, die das taten, alles nur, um den Schmerz zu isolieren und auf eine einzige begreifbare Stelle zu lenken.

Aber trotzdem. Josie atmete tief ein, schluckte einen großen Happen Luft und Glück, tatsächlich, denn die Erkenntnis machte sie schwindelig. Sie legte den Kopf schräg und lächelte ihren Bruder listig an.

»Ich weiß, für dich ist es schwer zu begreifen, du Alk-geschädigter Blödmann«, sagte Josie, während ihr Lächeln immer breiter wurde, »aber Jack ist so verdammt gut, dass wir darüber nicht mehr zu reden brauchen. Wir haben so oft miteinander geschlafen, dass er es nie wieder mit einer anderen tun kann, ohne dabei an mich zu denken.«

Fredriks Augen wurden groß wie Untertassen. Vorsichtig drückte Josie seine Hand, und dann, *schwups!*, riss sie ihm die Bettdecke weg.

Fredrik schrie auf und stürzte sich auf Josie.

»Du Luder«, brüllte er und kitzelte sie durch. »Du machst dir überhaupt nichts aus ihm und jetzt willst du einfach abhauen.«

»Und du bist das Letzte«, lachte sie und versuchte, ihm zu entkommen. »Hör bloß auf zu rauchen, du bist so eklig! Dann ist es vorbei mit dem Aufreißen, wenn dir noch vor dreißig die Zähne ausfallen. Und nur, damit du es weißt, ich mach mir sehr wohl was aus ihm. Warte nur bis heute Nachmittag, dann wirst du schon sehen, wie dreckig es mir geht.«

Plötzlich war es vorbei mit dem Spiel.

»Ja, ich weiß«, sagte Fredrik und strich seiner Schwester eine Locke hinters Ohr. »Aber dann sind wir da, MT und ich, und kümmern uns um dich. Habt ihr wenigstens eure Telefonnummern ausgetauscht?«

Josie nickte und ging aus dem Zimmer.

Es musste seit dem Morgengrauen geschneit haben, denn Schneewehen türmten sich auf der Straße. Man hätte Schlitten fahren und Schneeballschlachten machen können.

Eingeschneite Autos und weit und breit kein Schneepflug in Sicht.

»Die sind wohl auch unterwegs und kaufen Weihnachtsgeschenke«, sagte Josie und stellte sich dicht neben Jack.

Fredrik hatte darauf bestanden, das Auto aus der Garage zu holen, und Josie wusste, warum. Damit sie sich verabschieden konnten. *Tschüss und danke, dass du mir das Leben gerettet hast, ich werde dich vermissen bis ans Ende meines Lebens, und selbst dann wird noch Sehnsucht übrig sein.*

»Wer denn?« Jack zog Josie die Mütze tief über die Ohren. Dann schlang er die Arme um sie.

»Die Männer vom Schneeräumdienst. Die wollen sicher auch Weihnachten feiern, haben bestimmt Kinder, die sich genauso auf Geschenke freuen wie alle anderen. Ich stelle mir oft vor, wie andere so leben.«

»Du machst dir viele Gedanken um andere Menschen, oder?«, sagte Jack und drückte seine Lippen auf Josies Stirn.

»Am meisten um dich.«

So standen sie eine Weile. Vielleicht wartete Fredrik drüben an der Kreuzung, mit laufendem Motor, während Jack und Josie sich ein letztes Mal küssten. Ein letztes Mal?

Vorsichtig steckte Jack die Hand in die Jackentasche und holte etwas heraus. Sie erkannte die Bewegung wieder, aber es dauerte trotzdem einen Moment, bis sie ihre Erinnerung sortiert hatte. Sie war im Moment so ausgefüllt, so überfüllt, so besinnungslos berührt.

Dann fiel es Josie wieder ein. Der Schal. Vorsichtig legte Jack ihn um ihren Hals. Schlang einen lockeren Knoten.

»Und deine Schwester? Was bekommt sie stattdessen?«

Er zuckte die Schultern. Wer war Jack jetzt? Ein glücklicher Bruder, ein trauriger Bruder, ein Bruder, dessen Leben sich verändert hatte oder überhaupt nicht?

»Er gehörte immer dir«, sagte er. »Wenn du ihn haben willst.«

»Was für eine Frage.«

»Ich hab dir ja gesagt, dass du ihn haben wirst, wenn wir auseinandergehen.«

Es gab nichts mehr zu sagen.

»Ich gehe jetzt«, sagte Josie schließlich. »Und weißt du was, du arroganter Sportfreak Jack-Jacob? Das hier ist das Beste, was mir je passiert ist.«

Dann drückte sie ihm einen Kuss auf die Lippen und ging zum wartenden Auto.

JACK

Eiskalter Wintermorgen vor dem Haus Grevgatan 54.

Ein halb betrunkener, verschlafener Fredrik hingelümmelt auf dem Beifahrersitz eines BMW, Motor im Leerlauf, Fahrertür offen. Josie stand auf dem Bürgersteig davor. Sie sollte das teure Auto fahren, weg von ihm.

»Also dann.« Sie klang munter, aber ihre Augen waren rot gerändert und das Glitzern verschwunden.

»Mhmm …«

Er zitterte so sehr, dass ihm die Zähne aufeinanderschlugen, aber nicht, weil er fror, und schon gar nicht, weil er müde war. Er hätte müde sein müssen. Er hatte kaum geschlafen. Sie hatten fast die ganze Nacht geredet und einander in den Armen gehalten. Er zitterte, weil sein Körper steif und verspannt war und weil er nicht locker lassen konnte, an nichts anderes denken konnte, als daran, dass sie wirklich auf dem Weg fort von ihm war. Jetzt gleich.

Er hatte Abschiede nie leiden können. Oder besser gesagt,

lange Abschiede. In seiner Familie sagte man Tschüss und ging. Sofort. Aber die letzte Stunde war ein krampfhaftes Hin und Her durch die Wohnung gewesen. Josie hatte Fredrik wach gerüttelt und alles in Bewegung gesetzt, hatte Frühstück hingestellt und sich fertig gemacht. Er konnte nicht fassen, woher sie die Kraft nahm. Er selbst hatte auf dem Sofa gesessen und durch die Morgensendungen gezappt, von denen er nichts mitbekam. Hatte gehört, wie die Geschwister sich gedämpft über etwas unterhielten, was offenbar ein heikles Thema war, aber er hatte nicht das Bedürfnis gehabt, genau zuzuhören.

Zitternd checkte er die Uhrzeit auf dem Handydisplay. Kurz nach neun, aber keine Panik. Sie hatten noch Zeit. Andererseits war es sinnlos, es hinauszuzögern. Sie musste los, und für ihn war es auch Zeit, sich auf den Heimweg zu machen. Er wusste nur nicht, was er sagen sollte.

Danke für die Nacht? Hey, das war cool? Bis irgendwann mal wieder?

Sie hatten diesen Moment die ganze Nacht verdrängt, aber jetzt konnten sie nicht mehr davor fliehen. Sie standen mittendrin und es führte kein Weg daran vorbei. Nur geradewegs hindurch.

»Ja, tschüss dann …« Sie zuckte die Schultern und wich seinem Blick aus. Offenbar wusste sie auch nicht, was sie sagen sollte.

»Josie.« Er steckte die Hände in die Jackentaschen, weil er nicht wusste, wohin damit, und stieß gegen etwas. Etwas Weiches und – er zog es aus der Tasche – Himbeerrotes.

Er musste plötzlich lachen.

»Weißt du noch, was ich dir in einer SMS geschrieben habe, vor ganz langer Zeit, so ungefähr vor einem halben Leben?«

Sie nickte und die Andeutung eines Lächelns schlich sich in ihre Augen.

»Damals habe ich geschrieben, dass du ihn haben würdest, wenn wir auseinandergehen. Ich habe sogar geschworen, dass du ihn dann hast.«

»Ich weiß. Ich erinnere mich genau. Werde es wohl immer tun.«

Sie richtete sich auf. Und als er ihr den Schal umlegte, wehrte sie sich nicht. Er hob ihre Haare an, zog den Schal zurecht und war schwindelnd dicht davor, diese weichen Lippen zu küssen, die er auf seinem ganzen Körper gespürt hatte ... Ein Schauer überlief ihn.

»Danke, Schal.« Er lächelte, aber seine Stimme zitterte.

Sie legte eine Hand auf seine Hände.

»Stell dir vor, ich hätte nicht danach gegriffen.«

Er runzelte die Stirn.

»Wie meinst du das? Hattest du gesehen, dass ich ihn mir ausgesucht hatte? Hast du deshalb ...?«

»Klar.« Sie lachte.

»Und was, wenn ich ihn dir sofort überlassen hätte, wie du erwartet hattest?«

»Hast du aber nicht, Dummkopf. Stell dir vor, ich hätte dich nicht über die Information ausrufen lassen.«

»Oder wenn Adrian euch nicht in dem Café ...«

»Ich will dich ja nicht hetzen, Schwesterherz«, kam Fredriks Stimme aus dem Auto. »Aber wir müssen jetzt.«

Jack lachte auf, aber nicht vor Freude.

»Uns bleiben viele Erinnerungen, Josie. Viele gute Erinnerungen.«

»Mhmm …«

Alles war wieder da. Jeder Blick, jeder Atemzug, all die wütenden Worte, die Seufzer, das Lachen, die Missverständnisse, aber auch die Versuche, zu verstehen, Vorbehalte zu überwinden und einander näherzukommen. Die Erinnerungen waren wie ein breiter, warmer Fluss. Er konnte nicht traurig sein.

»Weißt du«, er streichelte ihre Wange und spürte, wie sie den Atem anhielt, »wir gehen jetzt auseinander, aber das hier ist nicht das Ende. Das ist der Anfang.«

Sie nickte, und ihre Augen flossen beinahe über vor Tränen, aber sie sah nicht weg, und das war irgendwie noch intimer als der Blick, mit dem sie sich in ihrem intensivsten Moment angesehen hatten. Sie hatte keine Angst. Nicht einmal jetzt.

Er schob seine Hand unter den Schal und legte sie um ihren warmen Nacken.

»Du bist mutig, Josie. Und ganz, ganz …«

»Josie?« Fredrik wieder. »Jetzt mach schon! MT landet bald, und wir …«

Josie schlug die Fahrertür zu, und Fredriks Stimme wurde zum gedämpften Gemurmel.

»Mach weiter.« Sie führte seine Hand zurück unter den Schal, legte sie um ihren Nacken und lächelte mit noch mehr Tränen in den Augen.

Er zog sie an sich und lehnte seine Stirn gegen ihre. So nah, dass ihre Gesichtszüge verschwammen, so nah, dass er ihren Pulsschlag fühlen konnte. Er hämmerte zwischen ihnen.

»Du bist ganz wunderbar«, murmelte er. »Wir sehen uns

wieder. Und wenn wir älter sind, heiraten wir und schaffen uns Kinder an.«

»Gut.« Sie schloss die Augen. »Genauso will ich es haben.«

Tränen liefen ihr über die Wangen. Er küsste sie weg.

»Alles wird gut. Glaub mir.« Er strich ihr über die blonden Locken. »Fahr vorsichtig und lass es dir gut gehen in den USA. Kannst dich ja mal melden oder ich melde mich. Ach ja, und fröhliche Weihnachten.«

Sie lächelte schief.

»Fröhliche Weihnachten, Jack.«

Sie stieg ins Auto. Ein Blick, ein Winken, dann bog sie auf die Straße und fuhr davon. Er blieb stehen und sah dem Auto nach, bis es um die Ecke verschwand. Ein letztes Aufschimmern des himbeerroten Schals, dann war sie weg.

Unfassbar.

Eine halbe Ewigkeit stand er da und rührte sich nicht. Eine Mutter mit Kinderwagen mühte sich durch die Gitterpforte des Hauses Grevgatan 54 und warf ihm einen langen Blick zu. Er bemerkte sie kaum.

Josies Tränen hatten ihn veranlasst, sich zusammenzureißen, aber jetzt begann die Beherrschung zu bröckeln. Er vergrub die Hände in den Jackentaschen und nahm Kurs auf den nächsten U-Bahnhof, ein großes Loch in der Brust. Ein kalter Wind fegte durch die Straße, frisch gefallener Schnee wirbelte um ihn herum auf, und seine Wangen fühlten sich eisig an, fast so, als ob er weinte.

Aber er war nicht traurig. Nicht wirklich. Er war verzweifelt glücklich über alles, was er mit Josie zusammen erlebt hatte. Und sie würden sich irgendwann, irgendwo wiedersehen.

Daran bestand gar kein Zweifel. Deshalb war er nicht traurig. Überhaupt nicht.

Aber die Tränen liefen trotzdem. Er zog die Schultern gegen den Wind hoch und ging Richtung U-Bahn.

Katrin Lankers
Verrückt nach New York –
Kleine Fehler, große Folgen
272 Seiten. Klappenbroschur. Jugendbuch.
ISBN 978-3-649-61759-4
Auch als @book erhältlich:
ISBN 978-3-649-62199-7
www.verrueckt-nach-newyork.de

Bis ich nach New York kam, war mir nicht klar, dass Freunde mit vermeintlich kleinen Fehlern große Katastrophen auslösen können. Und wenn ich große Katastrophen sage, dann meine ich große Katastrophen. Dass immer noch ungewiss ist, ob unser Haus »Pinkstone« abgerissen wird, ist da meine kleinste Sorge. Viel schlimmer ist die Frage, wie ich Ricks Familie erklären soll, dass ich ihren Sohn auf keinen Fall heiraten werde …